片沼ほとり
illust 香川悠作
俺は学園頭脳バトルの演出家！
～遅れてやってきた最強転校生は、美少女メイドを引き連れて学園を無双するそうです～
vol.1
台本

霧谷《きりや》透《とおる》
叶太がずっと探し求めていた、スターになれる素質を持った完璧転校生。
学園を揺るがす最強の転校生
霧谷襲来！

「忠告しておく。
金輪際、君は僕と
関わらない方がいい」
学長室
「……何でだよ？」
田中《たなか》叶太《かなた》
現実世界を『演出』し、漫画や小説などの
フィクション作品以上に面白くしたいと望む少年。

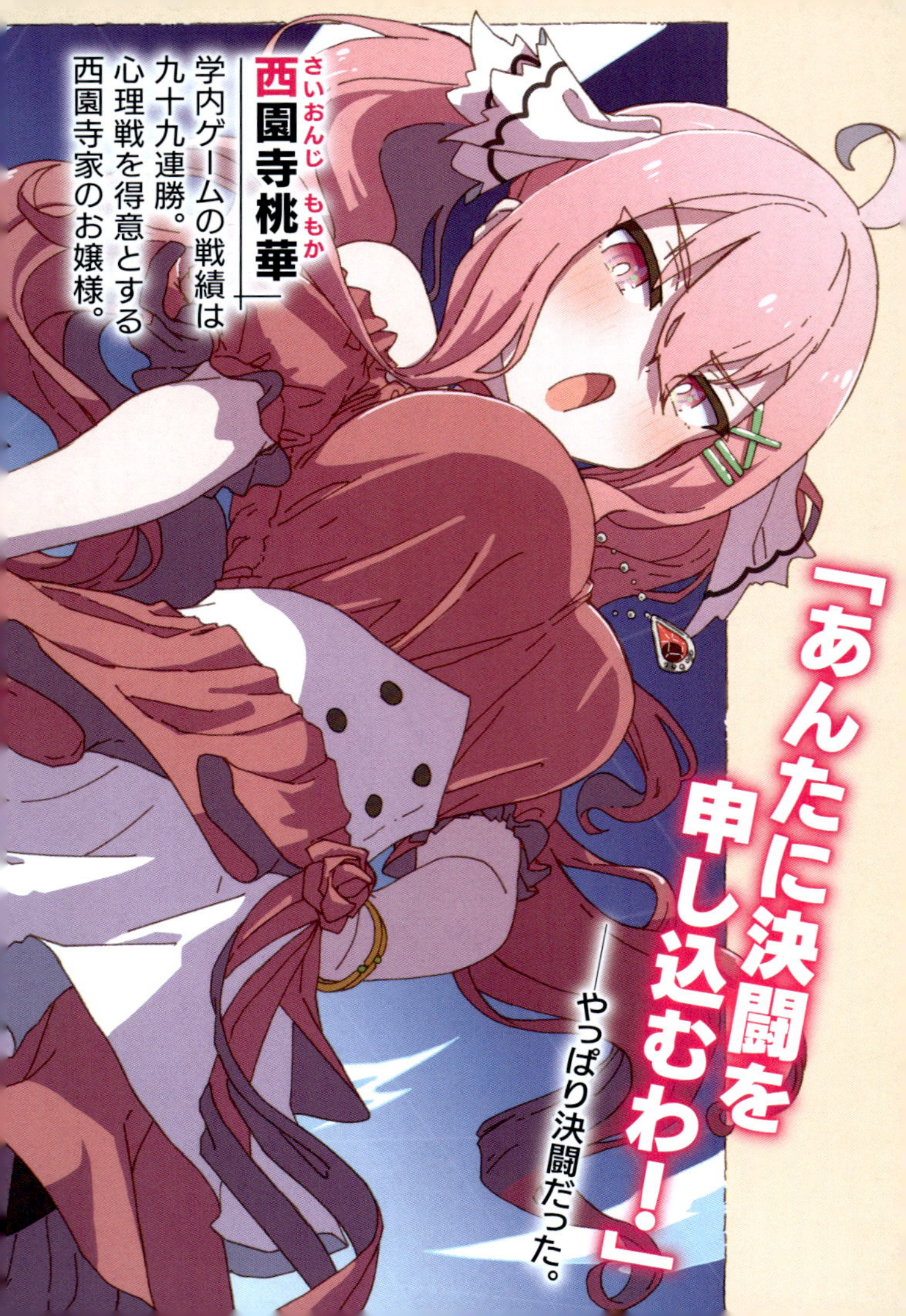

「あんたに決闘を申し込むわ！」
——やっぱり決闘だった。
西園寺《さいおんじ》桃華《ももか》
学内ゲームの戦績は九十九連勝。心理戦を得意とする西園寺家のお嬢様。

高飛車お嬢様の西園寺こそ
霧谷の実力を知らしめる
噛ませ犬にふさわしい
……はずが!?

ソフィー
一年生の中で西園寺と並ぶ実力者。
なぜかメイド服姿で霧谷と一緒に現れ――?
「元・学園最強のお嬢様、
ごきげんよう。この度は
露出趣味に
お目覚めですか?」

「……好きでやってるんじゃないわ。
この男に命令されて、
仕方なくやってるのよ」
「…………」
西園寺＆ソフィーが
なぜかメイド服で激突！

index

Who will win the Game?

俺は学園頭脳バトルの演出家！

～遅れてやってきた最強転校生は、美少女メイドを引き連れて学園を無双するそうです～

片沼ほとり

illust 香川悠作

vol.1

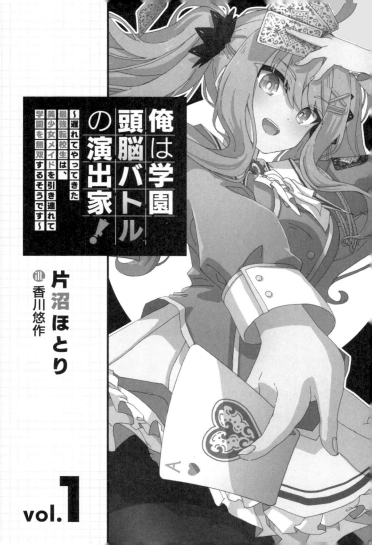

プロローグ　伝説の幕開け

「『事実は小説より奇なり』という言葉がある。


――例えば、瞬く間に世界の機能を停止させ、多くの命を奪ったパンデミック。

――例えば、なんの前触れもなく誕生した、流暢《りゅうちょう》な自然言語を高速で生成するＡＩ。

――例えば、圧倒的な強さで将棋界を支配する若手プロ棋士。メジャーリーグで投げて打って走ってと大活躍する日本人野球選手……。


にわかには信じがたい、理解を超える存在や出来事を目にした時。

人々はそんな言葉を使い、その出来事を受け入れ、心のどこかで面白く思う。

……このような出来事は、規模も方向性もバラバラながら、一つ共通点がある。

すなわち――突飛で、非合理的で、理解に苦しむということだ。

仮に、先ほど挙げたような出来事が、小説の中で平然と展開されたならば。

『ご都合主義』『超展開』『現実味がなさすぎる』などと批判されていたことだろう。

理不尽な話にも思えるが、そう驚くことではない。

なぜなら、人間とは『物事には理由がある』と思いたがるものであり。

あるいは、そう考えられる人間だけが生き残ってきたという事実があるからこそ。

事実より奇な小説を、読者は本能的に許さないのだ。

──それでも、それが現実ならば文句は言われない。

なぜならそこには──『そんなことあり得ないだろう』という壁が存在せず。

さらには『現実の出来事は誰かが意図したものではない』という前提があるからだ。

こうしてまた今日も、人々は小説よりも奇なる事実を探し、楽しむ。

まるで……この世界の退屈を紛らわすかのように。

──さて、ここで残念なお知らせが一つ。

そんな、小説を超えた事実を好む多くの人々にも。

現代社会に隠れ、まるでフィクションのような世界が存在していることは、不思議なほどに知られていない。

──この世界の上流社会では、ゲームによってあらゆる契約が交わされる。

──日本の地下深くには、酔狂な富豪たちが作り上げた人工都市が存在する。

──その中心には、日本を導く『帝王』を育てるために作られた、ゲームですべてが決まる学園がある。

どうだろう？

心躍る、まるで漫画かラノベのような舞台設定だと思わないだろうか。

――そして、極めつけに。

最先端のゲーム教育を行うアメリカの中学校で、前人未到の全戦全勝での卒業を達成した、とある少年についての噂《うわさ》を紹介しよう。

曰《いわ》く――ジャンルを問わず、あらゆるゲームにおいて最強。
曰く――感情を持たない、勝利に徹する精密機械。
曰く――いつも気づけば勝っており、そのプレイスタイルは誰にも理解できない。
曰く――運や乱数さえも支配し勝利する。
その少年の名は――霧谷《きりや》透《とおる》。

……裏社会の人々は、『彼こそが日本を背負うべき帝王だ』と口を揃《そろ》える。

そうして日本に帰ってきた彼が、帝王学園に足を踏み入れるのはもはや必然だった。

――彼が学園に、そして日本にもたらすのは栄光か破滅か。

今はまだ、誰にもわからない。

だからこそ。さしあたって、こんな常套句《じょうとうく》でプロローグを始めようと思う。

霧谷透の伝説が今、始ま——」

「ブツブツうるさいんだけど」

「うおっ!?」

突然後ろから話しかけられ、俺——田中叶太《たなかかなた》の思考は吹き飛んだ。

振り向くと、ピンク髪・ツインテール・巨乳と三拍子揃った、露出度高めのコスプレメイド服に身を包んだ美少女がいる。西園寺《さいおんじ》だ。

「なによ大げさに。独り言なんて寂しいやつね」

「いいだろ別に」

楽しいんだぞ、ラノベのプロローグごっこ。

頭脳バトルものだけに許される、考察じみたプロローグの雰囲気が出せたつもりだ。

……と、それはさておき。

「それで、決闘はどうなってるの？」

「面白いところはないぞ。見ての通りだ」

西園寺に尋ねられ、俺はモニターに目線をやった。

——ここは帝王学園内のモニタールーム。大型モニターとソファーだけの簡素な部屋だ。

PLAY
MOVE
KIRIYA

西園寺は俺の隣に腰掛けると、分析用のノートを広げ、同じくモニターに目を移す。

そこに映っているのは――決闘室の映像である。

『何が起こってるの……どうやって勝ったの……？』

そこでは一人の女子生徒が膝から崩れ落ち、呆然《ぼうぜん》とした様子で声を震わせている。

なぜ自分が負けたのか、それすらわからない。そんな声だ。

そしてそんな女子生徒を、もう一人の少年が無感情な瞳で見下ろしていた。

その少年の名はもちろん――霧谷透。

転校してきて間もないながら、この帝王学園の最強に最も近いと称される男だ。

「代わり映えしない展開ね」

足を組みながら、西園寺が退屈そうにつぶやく。それも仕方ないだろう。

なぜならこの光景は、霧谷が決闘をするたびに見せつけられているからだ。

『もう終わりでいいか？』

『……ええ』

気力なく答える声を聞くと、霧谷は身に纏《まと》うスーツのネクタイを締め直し、表情一つ変えず部屋を出て行った。

誰が見ても疑いようのない――完勝だった。

「……かっけぇ」

俺は思わず、西園寺に聞こえない声でつぶやく。

なんというかもう、スター性がすごい。まさしく俺ＴＵＥＥＥ主人公無双だ。

俺はエンタメ作品のような舞台が整っていることに興奮し……。

「どうすれば透に勝てるのかしら……」

俺の隣に西園寺というヒロインがいる事実にげんなりするのだった。


――自分で言っといてなんだが、さっきのプロローグに付け加えるべきことがある。

すなわち……事実は小説より奇だとしても、小説より面白いことなんて皆無だ。

だってそうだろう？

現実の出来事がいくら奇妙だったとしても……単発的だったり、単調だったり、伏線もなければストーリーも浅い。

純粋な面白さで評価すれば、フィクションの足元にも及ばないだろう。

結局のところ、「少しでも現実を面白く感じたい」という人々の願望により、「現実に起こった」「誰かの作為がない」という理由で加点されすぎているだけなのだ。

……だがまあ、それも仕方ないかもしれない。

やっぱり現実というものは、秩序がなく、理不尽であり。

つまるところ、みんなが普通に生きているだけじゃ、現実は面白くならない。

——なんて思考を止めず、考えてみてほしい。

本当に面白いストーリーというのは、小説家のごとく、脚本家のごとく、誰かが作為をもって作り上げなければならない。やはりこれは疑いようもない事実だ。

しかしながら、作為が存在しない現実という前提が面白さを倍増させるのもまた事実。

——だとするならば。

誰かの作為なんてないと認識されているこの現実で、誰かが陰から糸を引くことにより、まるで小説のような劇的なドラマが展開されたなら。

そんな世界こそ……一番面白いだろう？

——さて。

俺はこの世界を、霧谷を主人公とした物語だと認識している。

とんでもない制度の学園がある。霧谷という最強主人公がいる。西園寺などの美少女ヒロインもいる。

まさしくエンタメ作品であり、「学園頭脳バトルもの」というジャンルがふさわしい。

……これらの事実だけですでに面白い、それは認めよう。

だが、俺はそれだけじゃ満足できない。満足したくない。

——例えば、霧谷の前にどんな敵が立ちはだかるか。

——例えば、霧谷がどうやってそれを乗り越えていくのか。

——さしあたっては、今俺の隣に座っているヒロインを、いかに霧谷へと届けるか。

……キャッチーな舞台設定も、カッコいい主人公も、魅力的なヒロインも、すべてが整っている。

これほどまでに恵まれた現実があるとはいえ、それを物語として最大限に面白くするためには、質の良い脚本が欠かせない。

そして、その脚本を書きあげられるのは。

人々にいっさいの作為を感じさせず、現実を演出できるのは。

——俺の他にいないと自負している。

第一章　いつだって、学園を揺るがすのは転校生だ

Who will win the game?

それではこのへんで、自己紹介をしておこう。

俺の名前は田中叶太。派手すぎず没個性すぎず、いかにも凡人ですという名前だ。

実は親父《おやじ》の悪ふざけにより、上から読んでも下から読んでも「たなかかなた」というネタが仕込まれているのだが、気づかれたことは一度もない。

そしてルックスといえば、平均的高校一年生のシルエットに黒縁メガネ。

さらにはラノベに漫画にアニメ、そしてゲームが子供の頃から大好きという、これ以上ないほどに典型的なオタクだ。

今まで俺が楽しんできたどんなエンタメ作品でも、こんなやつはモブでしかない。スター性なんてこれっぽっちもないし、そんなことはとっくに自覚している。

だがこんな俺にも、幼い頃から磨いてきた密《ひそ》かな特技がある。

それを一言で言い表すなら——演出。

陰から人知れず舞台と筋書きを整え、みんなを楽しませる。そんな演出だ。

俺が図らずも初めて演出というものを経験したのは、小学二年生の学芸会だった。内容

は、クラスで白雪姫の劇を練習し、保護者の前で披露するというもの。

俺の配役は王子様でも小人でも森の動物でもなく、切り株だった。当時からクラスでも地味なキャラだったし、脇役なのは仕方ないと割り切っていた。

そして迎えた本番、劇は順調に進んでいった。俺も切り株として微動だにしない熱演を披露し、役目を終えて舞台袖から行く末を見守っていた。

しかしトラブルは起こった。白雪姫役の女の子が、緊張でセリフを忘れてしまったのだ。舞台袖から、今にも泣きそうな女の子の顔がよく見えた。このままだと劇は止まり、大事故待ったなし。その場にいる誰もがそう予感しただろう。だが……。

「白雪姫、いけません！　その老婆は魔女です！」

そう叫びながら颯爽《さっそう》と舞台へ躍り出たのは、もちろん俺——ではなく、王子様。だがそれは、俺が王子様役の生徒に頼んでやってもらったことだった。台本にない展開だったが、劇を滞りなく進めるため、咄嗟《とっさ》に判断したのだ。

そこからは大車輪だった。劇の整合性を保つための展開を必死に考え、舞台袖からクラスメイトたちに指示を飛ばした。物語はうねりにうねり、王子様自ら魔女を打ち倒す活劇へと変貌したが、最後は然《しか》るべき展開へと収まった。

そうして劇を終えた後、保護者からは絶賛の声が多数上がった。半ばアドリブだったからこそ、劇の迫力が増したのだろう。先生はただただ戸惑っていたが、クラスメイトが俺の活躍を証言してくれて、俺はみんなから褒めちぎられた。

ちょっとしたトラブルから得た、自ら物語を紡ぎみんなを楽しませた成功体験は、強く俺の心の中に残った。


その日から、エンタメ作品を見る目が変わった。もともと漫画やアニメは好きだったが、物語を作る側の人間を意識するようになったのだ。

今まで気にも留めていなかった、アニメのエンディングにクレジットされる人々の名前を覚えるようになった。小学校の中学年になる頃には、監督によって見る作品を決めるという、コアなアニメオタクの域に達していた。

だが同級生たちは、この気持ちを理解してくれなかった。好きなキャラクターや声優の話でしか盛り上がらない同級生たちを、俺は冷めた目で見ていた。

みんな、裏方の仕事を甘く見ているのだ。確かに声優の演技は華があるが、制作過程全体で言えば最後の一工程に過ぎない。本当にすごいのは、その映像や演技に行き着くまでを作り上げた、監督や脚本家や演出家ら、表に出ない人々なのに。

そんな想《おも》いをくすぶらせていた俺だったが、その考えが変わる出来事があった。忘れもしない小三の夏。好きなアニメ監督のトークショーが開催されたのだ。

迷わず参加した俺は、深掘りされた監督のこだわりを聞き、その奥深さに膝を打った。

しかし、だからこそ俺は不満だった。その監督は、携わったアニメの評価は高かったが、それに見合うだけの知名度がなく、過小評価されていると感じていた。

最後の質疑応答の時間。俺は真っ先に手を上げ、熱量を持って監督に問いかけた。

「僕は監督の作品が大好きです。だけど、クラスの誰も監督の名前を知らなくて、悔しいです。なんで監督は有名じゃないんですか？　もっと有名になってほしいです」と。

今思えば、とてつもなく失礼な質問だったと思う。だが監督は、子供だからと侮ることなく、俺の言葉を静かに最後まで聞き届け、優しい口調で答えてくれた。

「僕は、監督というのは陰の存在だと思っています。目立たなくていいんです。いえ、目立たない方がいいんです」と。

すぐに話題になるような、すごい演出、すごい展開を入れ込む。あるいは、メディアやSNSで積極的に発言する。やろうと思えば、制作陣だって目立つのは簡単だ。

だが、そうじゃない。視聴者が余計なことを考えず、自然と物語に没入して楽しんでくれる。それこそが僕たちにとって最上の喜びなのだ、と。

――監督の言葉に、俺は衝撃を受けた。

監督の口から語られたのは、いわば裏方の美学とでも言うものだ。

俺はずっと、目立つ人間や賞賛される人間こそがすごいと思っていた。だけどそうじゃない生き方があると知った。馬鹿馬鹿しい話かもしれないが、ずっと地味で目立たない存在だった俺を肯定された気さえしたのだ。

……そのトークショーを聞いてからの俺は、友達が裏方を話題にしなくても気にしなくなった。むしろ、監督の本望が達成されていることに喜びすら感じた。

だが子供の好奇心というのは厄介なもので、俺の頭には新たな疑問も生じていた。

監督は目立とうとしていないが、俺は監督の存在に気づいたし、そんな人は大勢いる。なぜなら、監督の名前はエンディングにクレジットされるからである。

そんな状態で陰に徹しようとしても、限界があるのではないだろうか？

——だが結果的に、俺はその問いに自ら答えを出すことになった。

小学四年生の時だ。親父の仕事の都合とやらで、俺は転校することになった。変な時期の転校で馴染《なじ》めるか不安だったが、幸いにも「ゲームなら家に何でもあります」という自己紹介にゲーム好きなグループが反応してくれた。

そしてその日の放課後、早速五人のクラスメイトを家に招くことになったのだ。

「すげー！　ホントに何でもある！」

「だから言っただろ？　ゲームなら何でもあるって。休憩用に漫画もあるぞ！」

俺と親父が集めたゲームのラインナップに興奮するクラスメイトたち。そして最初にプレイすることになったのは定番中の定番、四人で大乱闘する対戦ゲームだ。俺はこのゲームを隅々までやりこんでいたので、圧勝する未来が想像できて心が躍った。

だが――プレイする直前になって、俺の中に迷いが生まれた。

相手はゲーム好きの仲良しグループで、みんな実力にも自信を持っていそうだった。

俺のように地味な転校生が全員を蹂躙《じゅうりん》しようものなら、もしかすると嫌われてしまうかもしれない。するとクラスで孤立し、最悪の転校初日に……。

そんな未来が頭をよぎった俺は、よりリスクの少ない行動を選んだ。

――幸いなことに、俺のその判断は正解だった。

「今日は楽しかった！」「また遊ぼー！」

その日の帰り、みんなの表情は晴れやかだった。

俺がやったことは至ってシンプル。その日に行われたすべてのゲームにおいて――最後まで誰が勝つかわからない、手に汗握るギリギリの熱戦を演出したのだ。

そのうえ、五人にはピッタリ同じ回数ずつ一位を取らせた。当時はそんな言葉を知らなかったが、「接待プレイ」というやつである。

しかし、みんなゲームに熱狂し、俺のゲーム展開調整には気づく気配すらなかった。聞けば、このゲームは何度もやってきたが、過去一番の盛り上がりだったらしい。

――こうして、俺の転校デビューは上々の結果となった。初日からクラスメイトをもてなすことに成功し、同じゲーム好きの友達が五人もできたのだ。

だが、そんなことはどうでもよかった。俺の心の中には、不思議な高揚感、そして今まで経験したことのない興奮があった。

「これが……俺の追い求めていた、陰の存在！」

そう、俺は気づいたのだ。

アニメなどの創作物は、作り手の存在を前提としている。だから、いくら陰に徹しようとしても、その存在は視聴者に気づかれてしまう。

だが現実は違う。誰かの作為を疑うことなんてまずないし、そもそも俺は影が薄い。だから今回のように、完全な陰として物語を描き、みんなを楽しませることができる。

現実を演出する——俺が生きがいを見つけた瞬間だった。

それから俺は、格闘ゲーム、対戦ゲーム、パーティーゲームなど様々なゲームを、順位や展開を調整できるまで極めていった。一度でも一緒に遊んだ友達はみんな俺の演出の虜《とりこ》になり、おかげで我が家はゲーム好きなクラスメイトの溜《た》まり場《ば》になった。

家のゲームの演出をやりきったら、次は学校にまで活動の輪を広げた。

ゲーム機なんかは持ち込み禁止だが、雨の日にでも遊べるようにとトランプが常備されていた。トランプの演出は家庭用ゲームより簡単だ。カードの数は少ないし、乱数もないし、いざとなればカードを入れ替えたりもできる。

そうして俺はあらゆるトランプゲームの技術を身に付け、ゲーム友達以外のクラスメイトも誘って遊んだ。もちろん、常にギリギリの熱戦を演出することは怠らない。

大いに盛り上がり、はじめは見ているだけだったクラスメイトたちも仲間になっていった。最終的には、休み時間はみんなでトランプをするのが定番になった。

ゲームでクラスを盛り上げる作戦は大成功。最後まで俺の演出がバレることはなく、活気溢《あふ》れるクラスのまま無事に小学校卒業を迎えた。

中学に進学し、教室からトランプが消えると、俺はさらに演出の幅を広げた。

「演出でみんなを盛り上げられるのはゲームだけじゃない。これからは、現実世界のいろいろなことを、もっと大きなスケールで演出してみよう」と。

エンタメ作品から学んだ劇的な展開、そしてゲームでの演出で培った技術を活《い》かし、俺は現実をエンタメ化する演出アイデアを次々と実行に移していった。

――体育の授業では、スポーツもの漫画を参考に、あらゆるスポーツの試合を演出した。

一進一退のシーソーゲームを展開し、終了直前のゴールで試合が決まるのだ。

俺のアシスト数は断トツだったが、誰も気づいていなかった。

――ある時には、学校にラブコメの波動を充満させた。

まず、生徒たちを分析してもっとも幸せになれる組み合わせを割り出す。それから様々なラブコメ展開を演出し、次々と運命のカップルを生んでいった。

うちのクラスで恋人がいない人間は俺だけだったが、誰も気づいていなかった。

——一番の大仕事だったのは中学三年生の体育祭だ。

誰もが嫌がる言わば雑用係・体育祭実行委員を引き受けた俺は、その特権をフル活用し、最後の競技まで勝者がわからない大熱戦を演出した。

もちろん、俺がチーム分けや競技順の抽選を調整していたことも、各競技の結果を調整するために動き回っていたことも、誰一人として気づいていなかった。

——日常のあらゆるイベントを通して、俺は着実に演出の腕を磨いていった。

俺にスポットライトが当たることはない。誰も俺に気づかない。

それでも……いやだからこそ、俺にとっては心地よかった。

適切なポジションに身を置き、誰にも悟られないまま、フィクションのような展開を演出する。人々は何も気づかず、俺の描いた筋書き、現実離れした現実に熱狂する。

舞台裏まで知り尽くしている人間は俺だけでいい。それが演出家の美学なのだ。

……そうして演出を続けていた一方で、俺には新たな欲も芽生えていった。

俺がやってきた演出は、言ってみれば、日常にちょっと色を添えるような演出だ。悲しくも、手元にある創作物なんかと比べると、どうしても見劣りしてしまう。

——もっと非日常的な舞台を演出したい。もっとスター性のある人物を引き立たせたい。

俺の演出で、もっとたくさんの人々を、もっと強烈に熱狂させたい。そう願った。

だが、平凡な中学生である俺に、そんな舞台が見つかるはずもない。

仕方ないだろう、それが現実ってもんだ。ラノベや漫画の世界とは違う。

そうやって折り合いをつけ、適当な近くの高校に進学した一年目の夏休み。

——大きなチャンスが、突如として俺のもとへと舞い込んできた。

*

「叶太《かなた》、お前に話さなきゃいけないことがある。来なさい」

高校生にとっては夏休み、だが社会人にとっては平日の昼間。俺が部屋でゲームをしていると、なにやら神妙な顔をした親父《おやじ》に呼び出された。

しぶしぶリビングに向かい、向かい合って座る。朝帰りの親父の顔色は良くなさそうだ。

「なんだよ改まって。っていうか二日酔いはもう大丈夫なのか?」

「ああ、そのことなんだがな」

「そのこと?」

親父はやはり神妙な顔で手を組み、顔をその手に乗せている。

そして鋭い目で俺を見ると……重々しく口を開いた。

「実は昨日の夜、詐欺に遭ったんだ。五万円のシャンパンを三十万円で買い取らされ

――」

「キャバクラで溶かしただけだろ」

「なぜわかった!?」

「なぜわかった、じゃねぇよ。いつものことだろうが」

オーバーリアクションをする親父に、俺は冷ややかな視線を送る。

田中王牙《たなかおうが》、四十歳、無職。趣味はゲームとキャバクラ通い。

名前がやたら豪華なだけの、無精髭《ぶしょうひげ》を生やしたダメ親父だ。

「話はそれだけか？　ならゲームしてくる」

「ちょっと待って、まだ続きあるから」

俺は席を立とうとしたが、親父はなおも神妙な顔で、重苦しく言葉を続けた。

「まだ若い叶太にはわからないかもしれないが……働かないとどうなるかわかるか？」

「……はあ？」

「やがてお金が尽きる。今の俺みたいにな」

「小学生でもわかるわ！　そんなんだからお袋に逃げられるんだろうが!?」

「ギクッ！」

わざとらしく顔を引きつらせる親父。擬音語を声に出すな。

――現在、俺は親父と二人で暮らしている。俺はお袋の顔すら知らない。

離婚の原因は教育方針の違いと聞いているが、それ以前に問題がありすぎる。

つーかよく結婚できたよなこの人。親権をもらえた理由に至っては想像もできない。

「……確か、今まではゲーム大会の賞金を切り崩してたんだったか？」

「うむ。何を隠そう、ゲーム界での俺は知る人ぞ知る存在だからな」

「自分で言うから信ぴょう性が薄いんだよ。検索しても実績とか何も出てこないし」

俺に負けず劣らずモブ臭が漂う親父だが、やはり俺と同じく、ゲームだけは得意だ。

そもそも俺がゲームの道に入ったのは親父の影響である。もともと家には山のようにゲームがあり、俺が欲しいと言ったゲームもすべて買ってくれた。冷静に考えればどうかと思うし、やっぱり教育方針の違いで離婚するのも妥当だったかもしれない。

そんな親父なので、ゲームで対戦したことも数え切れないくらいあるが……学校では敵なしの俺も、親父に勝てたことは一度としてない。

大人げないし、それ以前にとんでもないゲーム廃人である。

「昔はゲームで稼いでたんだが、今はいろいろと事情があってな……そこでだ」

親父はそう言いつつ、立ち上がった。そして俺の横に来る。

「すまん叶太、この通り！」

「土下座する前にキャバクラ通いをやめろ。そして働け」

四十路《よそじ》のオッサンの土下座なんて見たくねぇ……。

「そういうわけで、学費が払えないんだ。悪いんだが、叶太には転校してほしい」

「おい、この前入学したばっかだぞ」

「わかってる。だからこの通り――」

「もう土下座はいいんだよ」

友達もできたばかりだし、実のところけっこう残念である。

まあ、この親父をなんとかしないといけないのは事実にしても、金がないなら仕方ない。

新しい学校でも友達を作ればいい話で……転校？

「つーか就職ならわかるけど、なんで転校なんだ？　学費なんてどこも変わらないだろうし、引っ越しの金もないのに」

「実は、転校先の高校が全寮制なんだよ。しかも学費は無料で、叶太が活躍してくれれば我が家の借金もなくなる！」

「……はあ？」

学費無料？　俺が借金を返す？　意味がわからない。

「どんな学校だよ。ゲームのしすぎでついにおかしくなったか？」

「叶太だってゲームは好きだろ？　きっと気に入ると思うぞ」

親父は親指を立て、この上なくいい笑顔で俺に告げた。

「なんたってそこは――ゲームですべてが決まる学園だからな」

＊

「……マジで城だ」

とある日の午後。俺は空を見上げながら、帝王学園の校門の前に立ち尽くしていた。なにせ高さ十メートルはある城門なのだ。

そしてその後ろに高々とそびえ立つのは、白を基調とした、いかにも西洋風の城。学園の名を冠し、帝王城と呼ばれるものである。

映画のセットのようにも思えるが、このすべてが学園。

青空もすべて天井一面を覆うモニターに映し出された光景だと言うのだから驚くしかない。

「マジで何なんだよここ……」

俺は手元のパンフレットを広げた。そこにはこの世界について書かれている。

――地下都市「アンダー」、これがこの世界の名前だ。政府と資産家たちが手を取り合い、最先端の建築技術をもって日本の地下に作られた空間……らしい。

その存在意義は、実験場。最新の科学技術が惜しみなく投入され、地上では到底実現できない、あらゆる要素がデジタル化された社会が実現されている。交通や医療といったインフラ、ゲームのようなエンタメに至るまで、すべてが最先端だ。

そんなアンダーには、限られた資産家や、日本を担う優秀な人間が集まっている。

……仰々《ぎょうぎょう》しい話だが、俺がここにたどり着くまでを振り返れば納得するしかない。

まずは地上から、百人は乗れそうな大きさのエレベーターで地下に向かった。

着いた先の建物では、スマホにアンダー専用の特殊なアプリをインストールした。アンダーでの行動がすべて記録され、帝王学園の生徒手帳も兼ねるのだとか。

その後にはお迎えが来て、無人の自動運転タクシーで学園まで運ばれた。中には大きなモニターがあり、アンダーについてのチュートリアル的な動画を見せてくれた。

……いやもう、驚きを通り越して頭が追い付かない。数年後の未来だと思っていた技術が盛りだくさんだ。日本にこんな場所があったとは。

そして、最先端技術の実験場という意義は、教育制度においても例外ではない。

ここ帝王学園では、欧米で密《ひそ》かに成果を上げているゲーム教育が取り入れられている。

「……とりあえず入るか」

臆していても仕方ない。俺は立派な石畳を踏みしめながら城門をくぐった。

事前にもらった予定表によると、今は夏休みで、明日から二学期が始まるらしい。

とはいえ敷地自体は広く開放されているようで、学園内にはまばらに生徒がいた。制服の生徒もいれば、なんだか高級そうな服を着こなす生徒もいる。

この学園はその性質上、いわゆるお坊ちゃま、お嬢様の生徒がほとんどだ。俺はといえばTシャツにリュックという軽装。一般家庭生まれには肩身が狭い。

「……ちょっとブラブラ歩いてみるか」

敷地の中心にある帝王城までたどり着いた俺は、事務室で転校手続きをする前に、城の中を探検することにした。この世界のことをもっと知りたかった。

城に入った俺を出迎えたのは、シャンデリア付きの大広間。天井の模様は仰々しく、廊下に出れば高そうな絵画がかけられていたりと、いかにも西洋の城という感じだ。

とはいえ中身は普通の学校と変わらない。

職員室や事務室が一階にあり、一階から三階にかけては教室もある。白一色の室内にもいろいろと気になるものはあるが、夏休みなので鍵は開いていない。

そして四階に上がってみると、そのフロアには学長室しかなかった。あまり生徒が立ち入るところでもなさそうだし、引き返すか。

——と思った、その時。

ギギギと扉が開く音が聞こえた。俺は咄嗟《とっさ》に曲がり角に身をひそめた。

学長室から出てきたのは二人だ。一人はスーツを身に纏《まと》った女性で、おそらく学長だろう。いかにも仕事ができそうな雰囲気である。

「ついに君もこの学園の生徒だね。この時をどれだけ待ったことか！　これから君がどんな活躍を見せるのか、楽しみでならないよ」

学長は言葉の端々に興奮を滲《にじ》ませながら、しかしどこか底知れない微笑を浮かべる。

そして俺は、部屋から出てきたもう一人の男、転校生らしい少年に目を移した。

――無気力そうな少年だ。

転校生だからだろうか。服装は制服ではなくスーツにネクタイ。スラリとした細身がピタリと合っている。髪は黒っぽいが、やや青みがかっているだろうか。

そして、その長い前髪から覗《のぞ》く目の色は深い青色。半分ほどしか開いていない目、感情を読み取れない無表情も相まって、氷のように冷たい印象を受けた。

だが、よく見れば顔は悪くない。むしろ中性的な美形、美少年と言って差し支えない。

そんな生気を感じられない少年が、おもむろに口を開いた。

「本当にいいんですね、僕が勝ち続けてしまっても」

やはり淡々とした、しかし確信のこもった声だった。

「こんなぬるま湯のような学園で過ごしている人間に、僕が負けるとは思えない」

「ははは、言ってくれるね。いやはや、それでこそ君を呼んだかいがあるというものだ」

学長は歪《ゆが》んだ笑みを深める。

「圧倒的な強者の存在は全体の質を高める。君という本物を目にすることで、君を脅《おびや》かすような存在、帝王たりえる存在も現れる……と私は読んでいる。だからこそ、君にはその実力を遺憾なく発揮してもらいたい。だが……君こそ、覚悟はできているかい？」

上機嫌な褒め言葉から一転。学長は少年に、見定めるような目を向けた。

「帝王の本質は孤独だ。目的を追い、多くの人を動かしながらも、本当に自分を理解してくれる人間など誰一人としていない。そんな生き方に……君は耐えられるかい？」

脅迫と言った方が正しいような鋭い問いかけ。しかし彼は怯《ひる》まない。

「……もう、慣れましたから」

「もう慣れた……慣れた、か。あははははっ！」

何がおかしいのか、学長は突然笑い声をあげた。

そうしてひとしきり笑った後、なおも無反応な少年に声をかける。

「それじゃあ、期待しているよ」

学長は学長室に戻り、分厚い扉をバタンと閉めた。

——思わず最後まで盗み聞きしてしまった。前提の情報が欠けているため話の全貌は見えないが、何か大事な会話が交わされていたのは確かだろう。

それでもやはり、残された少年の表情は虚《うつ》ろなまま変わらない。そして何事もなかったかのように、階段があるこちらへと体を向ける。

——話しかけなければ。そう直感した。

「あっどうも。もしかして転校生？」

俺は曲がり角から出て、軽い調子で少年に話しかけた。

必然、不意を突くような形になる。常人なら何かしらリアクションするところだろうが、やはり彼の表情は変わらなかった。学長に向けていた冷たい目を俺へと向けてくる。

「……ああ。君は？」

「俺は田中叶太《たなかかなた》。実は俺も同じ転校生なんだ。知り合いとかいなくて不安でさー、せっかくだし仲良くしてくれよ！　とりあえず、名前はなんて言うんだ？」

俺は早口でまくしたて、グイグイと距離を詰める。こうして至近距離で相対すると、右目が前髪で隠れていることまでよくわかった。

いささか馴《な》れ馴《な》れしすぎる気もするが、一切表情が変わらないので、嫌がられているかどうかもわからない。たぶん歓迎はされていないだろうけども。

「……霧谷《きりや》透《とおる》だ」

「おお……霧谷か。よろしくな、霧谷」

あしらう方が面倒と思われたのだろう。不愛想ながら、霧谷はちゃんと答えてくれた。

それにしてもキリヤトオル、霧谷透ね……なるほど。

「つーか、さっき話してたのって学長だよな？　何話してたんだ？」

「……つまらないことだ。君が知る必要はない」

「冷たいこと言うなって。ちょっと聞こえちゃったんだけどさ、めちゃめちゃ学長に期待されてる感じだったよな？　もしかしてお前ってめっちゃ強い!?」

「君が知る必要はないと言っている」

しかしそれ以上の踏み込みは拒絶される。そう簡単には心を開いてくれないらしい。

いや、ここで折れてはいけない。こんな時にぴったりな特技があるだろう。

「じゃあさ、一緒にゲームでもしようぜ！　自慢じゃないけど、俺とのゲームは楽しいってみんなに言われるんだよ。絶対損はさせねーからさ！」

演出家人生の幕開け以来、ゲームで盛り上げて友達になるのは俺の十八番《おはこ》である。

こんなクールにスカしてるやつでも、俺と熱戦を繰り広げた暁には、開眼してゲームに熱中すること間違いなし。俺とのゲームなしでは生きられない体にしてやろう。

……と思ったのだが。

「忠告しておく。金輪際、君は僕と、関わらない方がいい」

冷めた目でそう話した霧谷の言葉は、今までよりも一層無感情に感じた。

「……何でだよ？」

「楽しくゲームをしたいのなら、相手を選ぶべきだ。忠告はした」

霧谷はそう言い捨てると、もう話は済んだとばかりに俺の横を通り過ぎようとした。

だがその言葉に――俺はカチンと来た。

ゲームの上手《うま》さにかかわらず、どんな人間でも楽しめるような展開を演出する。それが俺の美学なわけだが、「お前にはそれができない」と言われたように感じたのだ。

だから、俺はかける言葉を変えてみた。

「待てよ。そんなこと言って、実は負けるのが怖いんじゃねーの？」

霧谷の態度を見るに、よほどゲームの腕に自信があるのだろう。だからこうして挑発すれば乗ってくるかもしれない。そういう狙いだった。

すると予想通り、霧谷は足を止めた。

「それは違う」

「おお？」

今までとは違う強い口調でそう言いながら、霧谷は俺の方へと振り向いた。手応えのある反応に、俺は思わず前のめりになる。

しかし次の瞬間――前髪の隙間から覗いた霧谷の両目が、ナイフのように鋭く光った。

「どんなことがあろうと、勝つのは僕だ」

――体の底まで響くような凄《すご》みがあった。

覚悟、執着、あるいは狂気。どう表現すべきかはわからないが、霧谷の目を見るとそんな感情が流れ込んできた。生まれて初めて陥った感覚に足が震えた。

俺は何も言葉を返せなかった。霧谷も俺の言葉を待たず、また表情を無に戻してから去って行った。階段を下りる足音が遠ざかっていく。

そして辺りが静寂に包まれるまで、悠久にも思える時間を耐えてから――俺は叫んだ。

「あいつ絶対メイン、、、、キャラだろおおおおお!!!!」

＊

その後。俺は事務室に行き、滞りなく転校の手続きを終えた。

……いや、そりゃ嘘《うそ》だ。いろいろと説明を受けたが何も覚えていない。というか、霧谷のことで頭がいっぱいだった。だって仕方ないだろう。

何をどう考えても、霧谷こそが俺の今まで求めていた――スター、、、なのだから。

――どれだけ多くの人々を、どれだけ楽しませられるか。俺の経験上、登場人物のスター性は、演出の出来を大きく左右する要素だ。

例えばクラスでゲームをするなら、クラスの人気者が参加するだけで盛り上がる。映画やドラマだって、有名俳優が出演するだけで盛り上がりが段違いになるわけだ。

そして……残念ながら俺の周りには、スターと呼べる人物がいなかった。

学校一の美男美女も、サッカー部のエースも、その存在だけで人々を虜《とりこ》にするようなスターには程遠かった。いや、全身モブの俺が言えることじゃないが。

だが、さっきの一瞬でわかった。霧谷はモノが違う。

底知れないオーラ、カッコいい名前、隠れイケメン、一瞬だけ垣間見《かいまみ》える鋭い眼力《めぢから》……。

今まで出会ってきたどんな人間も、霧谷と比べればモブでしかなかったと思える。まさしくメインキャラを張るにふさわしいスターだ。

……いや、これでもまだ過小評価かもしれない。

霧谷はメインキャラどころじゃなく――あいつこそが主人公なんじゃないか。

それどころか――霧谷を主人公とした物語は、もう始まっているんじゃないか。

数々のエンタメ作品を読んで磨いてきた俺の感性が、そう叫んで止《や》まない。

なぜなら……このアンダーという世界、あの霧谷という主人公が、「学園頭脳バトル」というジャンルにピタリと当てはまっているからだ。根拠はいくつかある。

――一つ。霧谷透は転校生である。

学校に転校生がやってきたことで、物語が動き出す……なんて、王道中の王道だ。

この学園は今日から、霧谷によって大きく変わっていく。そんな気がしてならない。

――二つ。学長からかけられる期待、そして強さ。

しかも、霧谷はただの転校生じゃない。学長の意思によって学園に招かれ、期待を一身に受けているようだ。こんなのもう主人公確定じゃん。

同じ転校生の俺は呼び出されていないわけで、やはりモブ生徒とは違う何かがある。

きっと学長とは過去に因縁があるとか、あるいは血縁関係だとか、何かしら特別な関係で結ばれているのだろう。そういうもんだ。

――三つ。ほのめかされる過去、そこから生まれた勝利への執着。

霧谷は一見すると地味だし、その表情からもやる気のない人間に見える。だが最後のあの目からは、尋常ではない勝利への執着を垣間見ることができた。

戦いに明け暮れ死線を越えた過去、そこで身に付けた強さ。これをもって、学園頭脳バトルの主人公にふさわしい、圧倒的な無双を見せてくれるはずだ。

以上より、霧谷を主人公とした物語はすでに始まっている。〈Q.E.D.〉

……まさか学園頭脳バトルの世界が現実に存在するとは思わなかったが、そんなことはもはやどうでもいい。驚きよりも喜びの方がはるかに大きかった。

「この学園こそが、俺の望んだ……」

……いや、まだ判断するのは早計だ。城を出て、もう少し学園を見て回ろう。

＊

広大な敷地には、城を中心として様々な建物が配置されている。

普通の学校でいう部活棟とか、あるいは音楽室や家庭科室にあたるものだろう。そういう建物は普通のコンクリート建築だが、やはり敷地内は西洋風で統一されている。

その中を歩いていると、何やら人だかりができているのを見つけた。場所は庭園だ。

「おおっ？」

幾何学模様を浮かび上がらせるように配置された薔薇《ばら》と緑。その中心にある、いかにも貴族がお茶を嗜《たしな》んでいそうな白椅子と丸テーブル。

そこに、遠くから見てもひときわ目を引くような少女が座っていた。

――パッチリとした大きな目が印象的な、文句なしの美少女である。

だがそれ以上に目立つのが、豪華なツインテールを形作るピンク色の長髪だ。

その上、ド派手な真紅のドレスに身を包み、赤い宝石をあしらったネックレスを身に着け、堂々と自信ありげに足を組んでいる。

そしてダメ押しに……組まれた腕の上には、一目で大きいとわかる胸が乗っていた。

「生放送開始まで十、九、八……」

また、その美少女の隣には、赤いメガネをかけた小柄な茶髪の女子生徒が座っている。手にマイクを持ち、腕に「帝王タイムズ記者」と書かれた黄色い腕章をつけていた。

二人には一台のカメラが向けられている。俺は曲がり角の陰から覗《のぞ》き込んだ。

「みんなも知っての通り、今は隔離期や。初心者狩りを防ぐために、一年生と二・三年生

では通う校舎から違うわけやな。やけど、そんな隔離期ももうすぐ終わり！　それを締めくくるのが——一年生の最強を決める戦い『帝王タイムズ杯』や！」

そんな前口上が終わると、記者を映していたカメラがピンク髪美少女の方を向く。

「てなわけで、今日も注目選手を紹介していくで！　今日来てくれたんはお待ちかねの優勝候補筆頭！　人呼んで帝王学園のお嬢様、西園寺《さいおんじ》桃華《ももか》ちゃんや！」

「どうぞよろしく」

記者のコテコテな関西弁を受け流し、美少女は優雅に答える。

しかしそれよりコテコテなのは——西園寺という名字だ。西園寺て。

「数多くのお嬢様・お坊ちゃまが集うこの学園で、お嬢様なんて呼び名で通るんは西園寺ちゃんくらいやで。あの世界的財閥、西園寺家の娘なんやって？」

「ええ。でも所詮は親の話よ、大したことじゃないわ」

「またまたぁ。でも、ゲームの実力は本物やろ？　入学して半年、天才的な心理戦を武器にここまでの戦績は九十九戦九十九勝！」

「ま、私にかかれば当然ね」

長い髪をサラリと払い、余裕な表情のまま言ってのける西園寺。

ギャラリーからは「さすがお嬢様！」「今日もカッコいいです！」などと歓声が上がった。男女問わずファンは多いようで、西園寺は軽く手を振ってそれに応える。

それにしても九十九連勝とは。とんでもない実力者なのは確かだろう。

「インタビューに応じてくれたってことは、帝王タイムズ杯にも参加するんやんな？」

「ええ、もちろん」

「言質《げんち》取ったで！　となるとやっぱりライバルになるんは、同じく連勝を続ける学園の女王様、ソフィーちゃんか？」

「私があんなやつに負けるわけないでしょ。っていうか、相手が誰かなんて関係ないわ」

西園寺は立ち上がると、真っすぐにカメラを指差した。

「しっかりと頭に焼き付けなさい。優勝するのは西園寺桃華、この私だってね！」

大胆な優勝宣言に、ギャラリーからは拍手と歓声が沸き起こった。

その中でも、西園寺は自信満々な笑みを崩さない。本当に優勝を確信しているらしい。

……そんな光景を見て、俺は感動していた。

なぜかって、これはまた霧谷《きりや》に負けず劣らず典型的な、いや見事な――。

「ん？」

その時、偶然にも西園寺と目が合った。

なんとなくまずい気がして、俺は覗いていた顔を引っこめた。そして考える。

――自信満々な態度、それでいて多くのファンを作る魅力、確かな実力。

霧谷ほどではないにしても、西園寺にもとびきりのスター性があることは間違いない。

ではここでクイズ。霧谷が主人公と考えれば、西園寺のポジションは何だろうか。

え？　あれこそまさしくヒロインだって？

もちろん正解、だが甘い。それじゃ不十分だ。

「……完ッ璧に噛ませ犬じゃねぇか!!」

そう。俺の頭の中には、この後の展開が自然と浮かび上がっていた。

この後すぐ、霧谷と西園寺が戦うことになる。誰もが西園寺の勝利を予想する中、しかし霧谷が西園寺を叩《たた》きのめし、西園寺の百連勝を阻んだ霧谷の名が知れ渡るのだ。

こんなイベントこそ、最強転校生のデビューを飾るにふさわしい。

――バトルもの作品の序盤に登場する、主人公の強さを引き立てるための敗北者。俗に噛《か》ませ犬《いぬ》と呼ばれるポジションの条件に、西園寺はピタリと当てはまっていた。

高飛車で自信家、高い社会的ステータスと戦績、生徒たちからの人気、ついでにピンク髪で巨乳、当然のことながら美少女。どこに出しても恥ずかしくない噛ませ犬である。

さらにはイメージ的に、霧谷が氷なら西園寺は炎。属性的な対比もばっちりだ。

……もういいだろう。俺は確信に至った。

「こんな舞台があったのかよ……今まで俺が生きてきた現実はなんだったんだよ……」

誰も見ていない物陰で、俺は感動と落胆をごちゃまぜにしながら息を吐いた。

――俺はこれまで、人生のすべてをなげうって演出を磨いてきた。

それでも、どれだけ手を尽くしたところで、漫画やラノベといったエンタメ作品に純粋な面白さでは敵《かな》わない。そんな抗《あらが》いがたい事実に直面し枕を濡《ぬ》らす夜もあった。

だが、この世界はどうだ?

帝王学園という舞台、霧谷や西園寺というキャラクター。まだストーリーが始まってもいないのに、すでに俺が演出してきたどんなことよりも面白い。

——ならば、俺のやることは決まっている。

「この学園を、この物語を、最大限に盛り上げる!!」

きっと演出の神様が、今までの俺の努力を見てチャンスを与えてくれたのだ。

だから俺は神様に誓って、そして監督に誓って、成し遂げなければならない。この現実離れした舞台を活《い》かし、さらに劇的な展開を演出することを。

そんな運命を確信し、来た方の道に目を戻すと……。

「やっぱりそうだよな、神様」

相変わらず無気力そうな表情で、霧谷がこちらに歩いてくるのが見えた。

神様もわかっているのだ、霧谷と西園寺がこのタイミングで戦うべきだと。ちょうど今生放送のカメラが回っているのもおあつらえ向きである。

ならば——その状況を整えるお膳立てこそが俺の領分だろう。

俺は演出脳を働かせる。数々のエンタメ作品を収録した脳内データベースから最適な展開を引っ張り出す……までもなく、ここでのお約束は決まっている。

その答えはもちろん、ラッキースケベだ。

主人公は何かしら、意図しない形で嘯ませ犬を辱《はずか》しめてしまう。足がもつれて押し倒してしまうとか、着替えを覗いてしまうとか、まあきっかけは何でもいい。

それに激高した嘯ませ犬が主人公に突っかかり、戦いが幕を開けるのだ。

とにかく、俺のやることは決まった。二人を接触させてラッキースケベを起こし、そのままフェードアウトする。あるいは、「ズルいぞ霧谷！」などと騒ぎ立てながらモブとして精一杯に主人公を引き立てる。うむ、これが正解だ。

そうやって己の役割を整理し、俺は霧谷の方へ駆けだした。

俺の脳みそは、これまで現実で演出した三回のラッキースケベ、そしてエンタメ作品から学んだ数十通りのラッキースケベを思い起こし、最適解を見つけようと唸《うな》りを上げた。

だが、俺が曲がり角にさしかかったところで……事件は起きた。

――なぜか、ものすごい速さで西園寺が飛び出してきたのだ。

突然の出来事で、世界がスローモーションに見えた。だがその分、思考は明瞭だった。

ほんの一瞬、視界に映ったすべての情報から未来を予測する。

もはや衝突は避けられないが、西園寺の体や走り方を見るに体幹は強くない。このまま激突すれば体から倒れ、石畳に強く頭を打ち付けるだろう。それはダメだ。ならば――。

コンマ一秒の脳内物理演算を経て、俺は西園寺の方へと体をひねった。

――その結果。

「きゃあっ!!!!」

「……痛ってぇ」

ドンッという嫌な音とともに、体に大きな衝撃が走る。

俺は石畳の上に背中から倒れこんだが、左手で受け身を取ったのでなんとか無事だ。

そして俺の右腕は――しっかりと西園寺を抱きかかえていた。西園寺は俺の胸に顔をうずめ、俺の上に覆いかぶさる形で倒れている。

こうして俺がクッションになることで、西園寺は無傷。狙い通りの結末だった。

これもすべて、体育の演出で培った動体視力・演算力が活きたと言えるだろう。

「おい、大丈夫か？」

声をかけると、西園寺が顔を上げた。

目と鼻の先で視線がぶつかり……西園寺の顔がみるみる真っ赤に染まっていく。

――ってこれ、まずくね？

「……きゃああああああああっっっ!!!!」

俺の腕を振りほどき、西園寺がガバリと立ち上がった。

そうして初めて、腹の辺りにとても柔らかな重みが乗っていたことに気づく。

「あああ、あんた、私を、私の体を……！」

西園寺は自分の全身を抱きしめるようなポーズを取り、倒れたままの俺を睨《にら》みつけた。

まったく迫力を感じないのは、混乱で目の焦点が合っていないからだろう。

そして、顔が真っ赤な西園寺とは対照的に、俺は真っ青になっていた。

――まずい。意図しないラッキースケベが本当に起こってしまった。

霧谷じゃなく――俺の身に。

「待て、これは違う！　俺じゃないんだ！」

「現行犯で何言ってんのよ！」

「いや、俺じゃないというか、俺ではないべきというか……」

「わけわかんないんだけど!?」

「とにかく、そっちがいきなりぶつかってきたから俺は助けようとしたんだよ！」

俺は立ち上がりながら、今の俺にできるベストな弁解をした。頼む、何とかなってくれ。

――しかし、そんな俺の願いは空《むな》しくも届かなかった。

西園寺は落ち着きを取り戻したように見えたが、プルプル震えながら言葉を紡ぐ。

「物陰からチラチラとこちらを見る、学園にふさわしくない格好の生徒が見えたわ。私は不審者を捕まえようとしたのよ」

「安物のTシャツで悪かったな……じゃなくて、俺は転校生だ！　ピカピカの一年生！」

「だから何だって言うの？　不審な行動で私をおびき寄せて、予定通りに抱き寄せたんでしょう。本当に事故なら、咄嗟《とっさ》にあんな体勢なんて取れるわけがないもの」

「どういう理屈だよ……いや待て、話を聞いてくれ！」

「私を辱めてただで済むと思わないことね」

西園寺は聞く耳を持たず、スマホを取り出して何やら操作し始めた。

──まずい。この流れは非常にまずい。

次の瞬間、俺のスマホがブルッと震える。西園寺は今度こそ俺を力強く睨みつけ、勢いよく俺の顔を指差した。この流れは……。

「あんたに決闘を申し込むわ！」

──やっぱり決闘だった。

＊

決闘制度。それは、生徒同士の戦いを正当化する制度。気の利いた名前になっていることもあるが、学園バトル作品ならお約束のシステムだ。

戦いの手段はゲーム、異能、料理に推理と作品の題材によって様々。賭けるものも金、レーティングなど様々で、プレイヤー同士で決めることもできる。

……そのまま決闘という名称になっているあたり、この学園は相変わらずベタだ。まあ、王道は大事なので良しとしよう。

「なんちゅう展開や！　学園のお嬢様の百連勝を賭けた決闘！　生放送でお届けするで！」

場所は庭園の中央。簡素な白いテーブルを挟み、俺は西園寺《さいおんじ》と向き合っていた。

決闘場と呼ばれる場所らしく、俺たちの周りをギャラリーが取り囲んでいる。

「どうしてこうなった……」

ラッキースケベの後、俺は西園寺の親衛隊を名乗る生徒たちに捕まり、問答無用でここに連れてこられた。さながら公開処刑である。

そして一連の動きをまとめ上げたのは、テーブルの横にいる記者の女の子だ。

「立会人はウチ、帝王タイムズ新人記者・小鳥遊由羽《たかなしゆいは》に任せとき！」

小鳥遊と名乗った、西園寺に負けず劣らず良い名字を持つ記者が声を上げる。

顔をちゃんと見たのは初めてだが、当然のように整っている。西園寺ほどの華はないものの、それがかえって、出演者を引き立てる記者として適役だと感じられた。

そして、小鳥遊は生放送用のカメラを肩に抱え、俺たちに向ける。

「……一応聞いておくが、この映像ってどこに配信されてるんだ？」

「そらもう全校生徒やな。他には生徒の家族とかも見れんで！」

その時、ポケットのスマホが震えた。見ると親父《おやじ》からメッセージが届いている。

『ズルいぞ叶太《かなた》！　俺もＪＫの体を抱きたいぞ！』

うるせえよ。勝手に捕まってろ。

俺は手早くメッセージを削除し、ギャラリーを見回した。そして思う。

ラッキースケベが起こり、噛ませ犬が転校生に決闘を吹っ掛け、学園中に知れ渡るような形でゲームが行われる。呆《あき》れるほどに完璧なシチュエーションだ。

――相手が俺ということさえ除けば。

「今さら逃げられるなんて思わないことね」

西園寺は腕を組み、髪を逆立てて俺を睨みつけている。もはや決闘を避けられないことは明らかで、俺が思い描く理想の展開からは大きく外れてしまった。

だが……諦めるのはまだ早い。なぜなら、ギャラリーの中には霧谷がいるからだ。

気配を消し、やはり感情のない半眼《はんがん》を向けているが、俺が見逃すはずもない。

何事にも柔軟に対応するのが演出家。西園寺を睨み返し、俺は――配役を切り替えた。

「こうなりゃやってやんよ！　お前を倒したら俺が一番強いってことだよな！」

「い、いきなり何よ」

俺が開き直ったように突っかかると、西園寺が少し怯《ひる》んだ。上々の反応だ。

とはいえ――この状況になってもなお、俺は決して勝つつもりはない。

最強美少女の大型連勝を止めるなんていう最高に美味《おい》しい役回りを、俺みたいなモブが奪うなんてもったいない。この学園には霧谷《きりや》というスターがいるのだから。

となれば、俺がここで務めるべき役割は『噛ませ犬の噛ませ犬』である。

――西園寺から理不尽に決闘を吹っ掛けられた俺は、ここでボコボコに負ける。その後、俺は霧谷に泣きつき、敵《かたき》を討ってくれと全力で懇願するのだ。

霧谷が決闘をやってくれるかは懸念点だが、そこは俺の腕の見せ所。西園寺の性格、親衛隊、小鳥遊まで利用すれば、決闘せざるを得ない状況を作るのは簡単である。

そうして西園寺VS霧谷を実現し、霧谷が西園寺を圧倒するのだ。

この展開なら、俺が西園寺と戦うことにも意味が生まれる。西園寺の強さをしっかり示しておけば、霧谷の強さがより一層引き立つというわけ。

なお、この展開なら俺は美少女である方が望ましいが、贅沢《ぜいたく》は言ってられない。

「ま、その虚勢がどこまで続くかは見物だけど、尻尾巻いて逃げなかったことは褒めてあげるわ。さっさと決闘を受けなさい」

「……あー、どうやってやるんだ？」

「何よ、そんなことも知らないの？」

「転校してきたばっかりで、学園の制度とか決闘のシステムとか全然知らねーんだよ」

もしかしたら事務室で説明されたのかもしれないが、霧谷に夢中で聞いていなかった。

すると西園寺はバカにしたように、わざとらしく大きなため息をつく。

「学園の仕組みなんて、私が説明するまでもないわ。そこのあんた」

「ウチに任せとき！　解説ならお手のもんやで！」

西園寺に指を差され、小鳥遊が元気に声を上げた。

ありがたい。そしてこれは同時に、霧谷にとってのチュートリアルにもなる。

霧谷もまだ、この学園のことをよく知らないはず。この説明を聞くことでスムーズに学園へと馴染《なじ》めるというわけだ。なんて気配り上手な俺。

そんな俺の心のうちを知らないまま、小鳥遊は説明を始めた。

「帝王学園はエリートを育てる学園や。優秀な成績で卒業したら一生もんの箔《はく》になるし、企業なり組織なりからも引っ張りだこになる。その理由はもちろんわかるやんな？」

「ゲ、ゲーム教育、だよな？」

「その通りや！　ゲームを通して、人を見極める目や勝負勘、あらゆる能力が磨かれる。学園に期待されてるのはそういう人材やから、勉強の成績なんてどうでもいい。ゲ、ゲームで強いことがすべてっちゅうわけや」

勉強よりゲーム、やっぱり学園頭脳バトルはこうでなくちゃな。

「だから学園は積極的にゲームを推奨してるわけで、そのための制度が決闘やな。学園に用意されてる数百のゲームで生徒同士が正々堂々戦い、力を高め合うんや。ちなみに、この学園に注目してる人たちも決闘の様子は見れるで」

小鳥遊はカメラをポンポンと叩《たた》いた。この戦いも外の人たちに中継されるらしい。

「もちろんゲームが強い生徒は生活も優遇されるで！　成績に応じて学園から、月初に電子マネーが支給される。マネーはアンダー全体で使えるし、地上の現金にも換金できる。強者ほど豊かになっていくわけやな！」

なるほど。俺が勝てば儲《もう》かると親父は言っていたが、このことを言っていたのだろう。

「そういうわけで決闘は、全生徒にとって最も重要なイベント。そして、まだ一学期だけやけど、すでに一年生最強と名高いんがそこの西園寺ちゃんや！」

「今はまだ二・三年生とは戦わない隔離期だもの。西園寺家の娘として当然のことよ」

小鳥遊は強い言葉で煽《あお》るが、西園寺は涼しい顔で長い髪を払う。

一年生で最強、目下《もっか》九十九連勝中。まさしく噛《か》ませ犬《いぬ》にふさわしい実力者だ。

「ま、今説明されたようなことはどうでもいいのよ。私の実力は証明されてるし、今更あんたみたいな雑魚《ざこ》を狩っても何の意味もない。だから、今回の決闘の目的はただ一つよ」

西園寺はそこまで言うと、無遠慮に俺をビシッと指差した。

「私が勝った暁には、私を辱《はずかし》めた罪を認めて土下座しなさい。もちろんカメラの前でね！」

それに呼応するように、小鳥遊は俺にカメラを向け、一段と声のトーンを上げる。

「これが決闘のもう一つの側面やで！　決闘参加者が合意すれば、何でも賭けれる。それが決闘のルールや！」

「何でも？」

「そう、何でもや。マネーでもいいし、所有物を賭けてもいい。他には何かを約束させるのもありや。生徒同士のトラブルはゲームで解決せえっちゅうわけやな。賭けの内容は絶対、破れば学園から厳し～い処分が下されるらしいで。怖い話やわ」

小鳥遊はわざとらしく身震いする。やはりとんでもない制度だが、こちらも学園バトルものでよくある設定で、簡単に呑《の》み込めた。

そして、西園寺の要求は俺にとって、いや物語にとっても都合がいい。

俺が負け、土下座する無様な姿が全校生徒に晒《さら》される。そのくらいのことがないと、俺の敵を討つ霧谷が映えないからな。こっちは土でも足でも舐《な》める覚悟だ。

「もちろん合意は必要やから、賭けは拒否できる。だから、要求した方から対等な条件を提案するのが一般的やな」

「なるほどな。なら――」

「万が一私が負けたら、カメラの前であんたに謝ってあげるわ。これで対等でしょ？　ま、どうせ私が勝つんだから関係ないけどね」

「……じゃあもうそれでいいよ」

西園寺はすでに自分の勝利を確信している。本当に素晴らしい噛ませ犬だ。

まあ俺も負けるつもりだし、ここでグダグダやる必要はない。

「賭けの条件はこれで決まりだな。で、次は？」

「ここまで来たらアプリの操作やな。決闘の申請や受理はアンダー専用アプリを使うんや。左上のアイコンをタップしてみ？　決闘申請が来てるはずやで？」

「ああ、これか」

箱のようなアイコンのボタンを押すと、西園寺桃華《ももか》という名前が表示された。「受理」「拒否」というボタンが大きく目立っている。

ゲームという欄も用意されていたが、そこは空欄になっていた。

「どのゲームで戦うかは申請者側が決めるねん。言うてもピンポイントでゲームを指定するんは稀《まれ》で、特定カテゴリの中でランダムに、とかの指定が多いな。で、受理者側は申請されたゲームを見て決闘を受けるか選ぶんや。ゲームの欄にはなんて書いてある？」

「いや、そこは空欄になってるぞ？」

「……え？」

淀《よど》みなく説明を続けていた小鳥遊が、不意に気の抜けた声を上げた。それに反応してギャラリーたちもざわめく。

「空欄ってことは、受理者がゲームを選べるってことや！　西園寺ちゃん、ええんか!?」

「愚問ね。今日この学園に来たばかりの素人相手なんて、どんなゲームだろうと私が勝つわ。これはいわばハンデよ」

「百連勝の大記録がかかったこの場面で空欄申請！　西園寺ちゃんにしかできへんで！」

西園寺のとんでもない行動に、小鳥遊が煽ってギャラリーを盛り上げる。

いやはや、プライドの高さもここまで来れば大したものだ。そう感心しながら西園寺を見ていると――西園寺は鋭い目で俺を睨《にら》み返した。

「ただし、ゲームが始まれば手加減は一切しないわ。慎重に選ぶことね」

……やっぱり西園寺も、ただ調子に乗っているだけのお嬢様じゃない。その真剣な眼差《まなざ》しには、霧谷にも似た強者の凄《すご》みを感じた。

「ああ、じゃあ選ぶぞ」

選択画面に遷移すると、ゲームの名前がズラリと出てきた。

有名なゲームもあれば、耳慣れない名前の学園オリジナルのゲームもある。また、ゲームは心理戦・記憶力・反射神経などでカテゴリ分けされていた。

数百あるというゲームを一つ一つ吟味する暇はない。俺は思考を巡らせる。

今の俺が果たすべき役割はただ一つ、西園寺にボッコボコに負けることだ。それも、西園寺の強さを示すような、他の人間にはできない圧倒的な勝ち方を見せたい。

そのための情報はなかったかと記憶をたどり、俺は小鳥遊《たかなし》の言葉を思い出す。

――天才的な心理戦が武器、そう言っていたはずだ。

「よし、じゃあこれで」

俺は心理戦に分類されているゲームの一つを選び、受理ボタンを押した。

『決闘が成立しました』

スマホから無機質な機械音声が響く。

「これで本当に全部の説明が終わったわね、ご苦労様」

「お安い御用や！　その代わり、この決闘はウチがしっかり放送させてもらうで！」

「勝手にしなさい。それで、肝心のゲームは……」

親指を立てる小鳥遊を横目に、西園寺《さいおんじ》はスマホを確認し――一瞬、表情が固まった。

それから俺を睨み、頰の端を小刻みにピクピクと引きつらせる。

「……へぇ。この私を相手に、『後出しじゃんけん』ねぇ……」

やはり西園寺の得意分野だったらしく、ハッキリと苛立《いらだ》ちが見て取れた。

小鳥遊やギャラリーからも「おおっ」と戸惑うような声が上がる。

「かなり俺に有利なゲームだぞ。ゲームの説明を聞いてみろよ！」

俺はそのすべてに気づかないふりをし、画面をタップした。

ルールはすでに把握しているが、これも霧谷に聞かせるためだ。気配り気配り。

『後出しじゃんけんのルールを説明いたします。

プレイヤーの二人には、グー・チョキ・パーが描かれた三枚のカードが配られます。

先攻は出すカードを決め、そのカードを裏返し、机上の所定の位置にセットします。この時、先攻は自分の出すカードを必ず確認します。

先攻が手を決めた後、後攻は先攻に対して、最大三つまで質問することができます。回答内容の真偽は問いませんが、先攻はこれに答えなければなりません。

そして、先攻がカードを出してから三分以内に、後攻はカードを出します。

最後にじゃんけんの結果を確認し、勝った方がゲームに勝利します。ただしじゃんけんの結果があいこだった場合、先攻の勝利となります』

じゃんけんを模したオリジナルゲームは、頭脳バトルもののお約束だ。ルールも名前の通りシンプルでわかりやすい。

西園寺の得意な心理戦も盛り込まれ、チュートリアルとしては申し分ないだろう。

「この私に心理戦を挑むとはね。そしてよりにもよって……」

『先攻、田中叶太《たなかかなた》。後攻、西園寺桃華』

再び機械音声で読み上げられる。ゲーム受理時、俺は先攻を選んでいた。

「あいこでも勝ちってことは、三つに二つは勝てるんだろ？　三分の二で大金星！」

引きつった笑みを浮かべる西園寺を前に、俺はわざとらしくはしゃぐ。

そう、単純計算するならば俺の方が明らかに勝率が高いゲームだ。

だからこそ——西園寺が勝利することにより、その実力が映えるのである。

「……まあいいわ。無知は罪にあらず。民を啓蒙《けいもう》するのも貴族の務めということね」

西園寺は落ち着きを取り戻し、長い髪をサラリと払った。

「絶対に後悔させてあげるわ」

だが、やはり目は笑っていなかった。

「それじゃあ、西園寺ちゃんの百連勝を賭けた決闘を始めるで！　ゲームスタートや！」

立会人の小鳥遊がカメラを担ぎながら叫んだ。すると決闘時のマナーなのか、さっきまでざわついていたギャラリーと小鳥遊も水を打ったように静まり返る。

立会人の小鳥遊は静かに、俺の手元に三枚のカードを置いた。決闘場の傍らには備品を入れる棚が備え付けられており、そこから用意したのだろう。

グー・チョキ・パーが描かれたカード。俺はそれらを数秒ほど眺め……チョキを選び、裏返して机に置いた。これで俺の手は決定だ。

「決断が早いわね」

「どれを選んでも一緒だしな。これで確率は三分の一だぜ？」

「へぇ、その度胸だけは褒めてあげるわ」

実際、俺の手なんてどうでもいい。大事なのはここからだ。

続いて西園寺にも三枚のカードが配られる。後攻の西園寺がグーを出せば西園寺の勝ち、チョキかパーを出せば俺の勝ちであり、その前に三つまで質問が許される。

西園寺は俺を見ながら、何気なく口を開いた。

「ところで、じゃんけんにはグー・チョキ・パーの三つの手があるわね」

「……それが?」

「人は三つの選択肢を示されると真ん中を選びたくなるそうよ」

おおっ。表には出さないが、俺は心の中で小さくガッツポーズをした。

偶然にも西園寺の言うとおり、俺はチョキを選んでいる。俺にとっては都合がいい。

「なんだ、心理学とかの話か?　揺さぶりのつもりなら――」

「あんたが選んだ手はチョキね?」

――俺の言葉を遮り、前触れもなく、突然鋭い質問が飛んできた。

俺の反応を見るつもりだったのだろう。いきなりの攻撃だったが、想定内だ。

「……直球だな。つーか答えるわけないだろ」

俺はほんの一瞬だけギクッとした表情を浮かべ、目を逸《そ》らした。

――今の俺は、図星を突かれて必死に隠そうとするモブ。

人間がギリギリ無意識に感じ取れるくらいの小さな変化だが……このわずかな変化も、心理戦の天才らしい西園寺なら読み取ってくれるはずだ。

するとやはり西園寺は俺の表情を読みきったのか、大きくため息をついた。

「……はぁ。すぐにゲームを選んだから何かあるのかと思ったけど、本当に何も知らないだけなのね」

「どういうことだよ？」

「もう気づいてるでしょうけど、このゲームは私の十八番《おはこ》よ。偶然何も知らずに選んだあんたが不憫《ふびん》に思えるくらいにね。対等な条件で戦うこと自体、私のプライドが許さないわ」

「……何が言いたい？」

「あんたが勝ったときの報酬を追加してあげるって言ってるの」

戸惑う俺を無視し、西園寺は俺を見下したような、余裕な表情のまま話を進める。

「じゃんけんであんたが勝っても引き分けても決闘はあんたの勝ちなわけだけど……じゃんけんがあいこだったら、カメラの前で謝るだけ。これはそのままね」

「……じゃあ、じゃんけんで俺が勝ったら？」

「今日一日、あんたの言うことを何でも聞いてあげる」

「んなっ――!!」

思わず声が出たし、ギャラリーからもざわめきが上がった。

さすがの俺も予想外だ。このお嬢様が自分の身を賭けるとは。

「何でもって……何でもだぞ？　意味わかって言ってんの？」

「もちろん。万が一にも負けるなんてあり得ないし、あってはならない。だからこそよ」

このお嬢様、本当にプライドだけで行動しているらしい。

あの西園寺の豊満な体を好きに……なんて妄想が嫌でも浮かんでしまう。

「お嬢様があんな下衆《げす》メガネに……!?」「大丈夫、お嬢様が負けるはずないわ」

盛り上がるギャラリー。しかしこうなってしまうと――霧谷《きりや》ではなく俺がこの場に立っていることが、なおのこと残念である。

これが霧谷なら、完全勝利から隷属という綺麗《きれい》な流れだったのに。同じことをちゃんと霧谷と戦うときもやってくれることを願うのみだ。

いや、今更そんなことを言っても仕方ない。今できる最善の行動を考えよう。

賭けの代償が大きくなるのは悪いことじゃない。むしろ演出家である俺に言わせれば、観客を盛り上げるための常套手段《じようとうしゆだん》だ。素直に乗っからせてもらおう。

「そこまで言われちゃ仕方ない。なら俺が負けたら、さっき事務所で受け取ったばかりの電子マネーをすべて明け渡すぜ！」

俺の男気溢《あふ》れる提案にギャラリーがざわめく。

「本気？　私は対価を要求してないんだけど？」

「こっちにも男のプライドってもんがあるんだよ。今の俺のすべてを賭けなきゃ対等じゃないだろ？　確率は同じ三分の二だしな！」

ギャラリーのざわめきがさらに大きくなる。わざわざ張り合わなくたっていいのにバカなことを、と誰もが思っているだろうが……これは、後の展開のための布石だ。

電子マネーが尽きた俺は、この学園唯一の知り合いである霧谷（向こうはそう思ってないかもしれないが）に泣きつくしかない。

これこそ、霧谷と西園寺の決闘を実現させるためのスムーズな導入になるのだ。

「そ、勝手にしなさい。これで追加の賭けは成立ね」

「ああ、望むところだ」

俺がそう返すと、西園寺は一息つくように、静かに目を閉じた。

しかし、ほんの数秒後――西園寺は、堪《こら》えきれないというように高笑いを上げた。

「ふふふふ……あはははは！」

「……何がおかしい？」

「何もかもよ。男気だけは立派でも、それだけじゃこの学園では生き残れないわ。要するに、もう勝負は決まったって言ってんの」

自信たっぷりの言葉に、ギャラリーからも「「おおっ」」とどよめきが生まれる。

「この私が直々に、なんであんたが負けるのか教えてあげるわ。感謝しなさい」

西園寺は勝利を確信した笑みを浮かべ、俺を指差した。

解説までしてくれるなんて、ゲームの盛り上げ方をわかっているじゃないか。

「まず、真ん中を選ぶ人が多いって話ね。あんな理論本当は存在しなくて、あんたから反応を引き出すためのブラフに過ぎないわ。今回みたいにね」

「俺の、反応？」

「私があんたの手をチョキだって言った時、あんたは一瞬だけ、図星を突かれた表情を浮かべたわ。私のブラフにまんまと引っかかったってわけ。つまりあんたの手はチョキよ！」

「――っ！」

俺は声を殺しつつ、かすかに苦渋の表情を作った。さっきよりも反応を少し大きくするのがコツである。

西園寺は口元に手を当て、見下したような表情を崩さない。まさしく高飛車系噛《か》ませ犬《いぬ》のお手本、教科書に載せたいような表情だ。

そして俺は、内心でほくそ笑んでいた。

……よし、すべてうまくいった。これでこのゲームは西園寺の勝ちだ。

やや味気ない気もするが、噛ませ犬のチュートリアルとしてはちょうどいいだろう。

二転三転するような白熱のバトルは、この後霧谷と繰り広げてくれればいい。物語には緩急も必要なのだ。

「さあ！　さっさとカメラに向かって土下座しなさい！」

西園寺《さいおんじ》は勢いよくグーのカードを手に取り、見せびらかすようにしながら机に置く──。

──直前、その手を止めた。

「な～んてうまくいくと思った？」

「……は？」

──意味がわからなかった。

西園寺を見るが、そこには先ほどまでの勝ち誇ったような笑みはない。

そしてその瞳は──燃えさかる炎のように、赤く光っていた。

「出たぁ!!　西園寺ちゃんの目が赤く光ったでぇ!!」

今まで黙っていた小鳥遊《たかなし》が、我慢できないといった様子で興奮気味に叫ぶ。

西園寺はそれを平然と聞き流しながら、俺をまっすぐに見据えた。

「あんたのゲームセンス、悪くないわよ。並の相手にならら勝てたと思うわ」

「……どういうことだよ？」

「わざとらしくない程度に反応を調整し、私を操ろうとしていた。そうでしょう？」

その鋭い言葉に、冷や汗が流れた。

「だけど残念、相手が悪かったわね。私——人の心の動きが視えるの」

西園寺は真剣な表情のまま、前髪をかき上げる。

この赤い目こそが能力発動の証《あかし》、そう言わんばかりの仕草だった。

「私に負けた人はみんなこう言うわ。『心を読まれた』ってね」

ここに来て西園寺はようやく、不敵な笑みをこぼした。

——おいおい、聞いてないぞ。

なんだ、そのいかにも頭脳バトル映えする能力は。この溢れる強者感は。

「最初の質問であんたの手がチョキか聞いた時、確かにあんたはしまったという表情を浮かべた。でも本心はその逆。あんたは『してやったり』と考えていたわ」

「……」

——まさしく図星だった。背中に嫌な汗が流れる。

理由は違うが、確かにあの時、俺は心の中でガッツポーズをしていた。それを見抜かれた？

「最後、私がグーを出そうとした時もそう。あんたは表面的には焦っているように見せて、内心は喜んでたでしょう。だから、あんたの手はチョキじゃないわ」

俺の焦りをよそに、西園寺は淡々と推理を続ける。

「ならグーとパーのどっち？　それを探ったのが、報酬の追加よ。負けたら何でも言うことを聞く、というどう転んでもプラスにしかならない条件が加われば、喜ぶのが普通よね。だけどあの時、あんたは驚くと同時に——残念がっていたわ」

「——！」

　これも図星だった。

　俺じゃなくて霧谷が相手だったら良かったのに、と思ったのをはっきりと覚えている。

「なぜ残念がったのかは簡単ね。最初の質問の時に、私がチョキを出すように誘導していたから。それだと、じゃんけんはあいこになってしまうから。じゃんけんの結果で報酬に差をつけたのは、この反応を探るためよ」

　西園寺が賭けの代償を追加したのは、観客を盛り上げるためなんかじゃなかった。

　しっかりと勝利への布石を打っていたのだ。

「私に本心と異なる表情を見せて、私を操ろうとしていた。そうでしょ？……なんて聞くまでもなく、あんたの反応を見れば真実は丸わかりなんだけどね」

　そこまで言い切ってようやく、西園寺はうっすらとした笑みを浮かべた。

　ただならぬ自信を身に纏《まと》ってたたずむ西園寺に、俺は絶句することしかできない。

　——完全に見誤った。

　西園寺は確かに、俺の心の動きをすべて見抜いている。その能力は本物であり、小中学校のクラスメイトたちとは格が違った。誘導はもはや失敗だ。

だが、西園寺は感情の理屈づけを間違えている。その論理の先にある結末は……。

――まずい。まずいまずいまずい!!

「……本物の獅子《しし》は、兎《うさぎ》を狩るにも油断しないものよ」

何やらカッコいい言葉とともに、西園寺が一枚のカードを手に取る。

もちろんそれはグーではなく――パーだ。

「ちょっと待て！　話せばわかり合える！」

「無様な悪あがきはやめなさい！　その焦りっぷりこそが敗北の証よ！」

「いや違うホント待って――」

『両者のカードの選択を確認しました』

俺の抵抗も空《むな》しく、西園寺はカードを叩《たた》きつけてしまった。

「これであんたは終わりよ。さっさと開きなさい」

今度こそ、本当に勝利を確信した様子で西園寺が命令してくる。

ギャラリーからも、「さすがお嬢様……！」「あれが天才か」なんて声が聞こえてきた。

チラリと霧谷を見ると、勝負が終わったと判断し、今にも帰ろうとしている。

――もう、どうにもならない。

俺は観念し、力なくカードをめくった。

「……うそ」

西園寺が目を見開き、呆然《ぼうぜん》とつぶやく。その目から赤い光は消えていた。

現れたカードはもちろんチョキ。じゃんけんの結果は俺の勝ちだ。すなわち――。

『勝者、田中叶太《たなかかなた》』

しんと静まり返る決闘場に、無機質な機械音声が響き渡った。

――次の瞬間。

「あのお嬢様が……負けた？」「嘘《うそ》です！　お嬢様があんなのに負けるはずありません！」「あの野郎マジでやりやがった！」「西園寺が油断して自滅しただけじゃね？」「いやいや、本気出してただろ！」「関係ねぇって！　これで奴隷契約は成立だぞ！」「一年生の序列が入れ替わるのか!?」

「大スクープや!!　とんでもない大番狂わせやでぇ!!」

悲鳴を上げる親衛隊、歓声を上げる野次馬、場を盛り上げる小鳥遊。

興奮のるつぼとなったギャラリーを見回すと……霧谷の姿は消えていた。

そして再び、ポケットのスマホが振動する。

開くと親父《おやじ》から『ズルいぞ叶太！　美少女ＪＫを好き放題だと!?　俺に抱かせろ!!』と

メッセージがきており、そっとブロックした。

……西園寺に何でも言うことを聞かせられる？　そんなことはどうだっていい。

――こ、こんな物語、俺は認めねえぞ！

第二章　主人公の周りには、タイプの違うヒロインたちが集まる

Who will win the game?

「今日一日あんたの言うことを何でも聞いてあげる、そういう約束だったわよね？」

「ああ、そうだな」

「ちゃんと覚えてるのね。なら言わせてもらうけど……」

学生寮の平凡な1Kの部屋で、段ボールを両手に抱えながら――西園寺は叫んだ。

「なんでこの私が！　引っ越しの手伝いなんかしてるのよ!!」

「何でもいいって言ってたじゃねーか」

――俺が西園寺に勝つという大番狂わせを起こしてしまった後。

決闘結果の清算が行われ、西園寺は歯を食いしばりながら、しかし潔く俺に謝った。そしてもちろん、問題になったのは「何でも言うことを聞く」の方だ。

小鳥遊はカメラを持って俺に詰め寄りながら「西園寺ちゃんに何をさすんや!?」と心底楽しそうに問い詰めてきた。ギャラリーたちの注目が集まる中、俺は咄嗟《とっさ》に「とりあえず引っ越しを手伝って」という言葉を絞り出したのだ。

……だって仕方ないじゃん。あそこから霧谷《きりや》VS西園寺に持って行くなんて無理だし。

「だからってこの私よ!?　知性、美貌、家柄、すべてを持ち合わせたこのわ・た・し！

こんな雑用じゃなくて、何かもっとあるでしょ!!」

「自分で言うなよ……つーか引っ越しだって人手がないと大変なんだぞ。家具を組み立てないとだし、備え付けのベッドとかも良い位置に動かしたいし」

「ベッド……や、やっぱり！　私にしっかり準備させた上でそういうことするつもりなのね！　そういうプレイなのね！　この変態!!」

「しねーよ！　想像力豊かだな！」

顔を赤らめながら罵られても、俺はツッコミを入れるしかない。

薄々わかっていたことだが、西園寺は自己評価の高さがエベレストを突破している。

「つーか、お前がちゃんと約束を守ったことが意外だったな」

「意外も何も、決闘で賭けたものは絶対よ。危害を加える行為は禁止とか、校則で定められてる例外は除くけどね」

「そうじゃなくだな。あの状況なら『何でも言うことを聞くとは言ったけど、話を聞くだけだから。何でもやるとは言ってないわ！』とか言って逃げれただろ？」

「愚問ね。西園寺家の長女として、自分の言葉から逃げる方がよっぽど恥ずかしいわ。あんたみたいな庶民の命令を聞くことよりもね」

西園寺は一切迷うことなく言い切る。マジでプライドだけで行動してるな、このお嬢様。

「で、この段ボールはどっち？」

「あー、ゲームだからテレビの下に頼む」

そうしてまた西園寺《さいおんじ》はいそいそと段ボールを運ぶ。

なんだかんだ文句を言いながらも、手伝うこと自体は当たり前だというように協力してくれている。高飛車お嬢様だと思っていたが、意外といいやつなのかもしれない。

すると西園寺は段ボールを下ろし、部屋を見回して……つまらなそうにつぶやいた。

「それにしてもせっまい部屋ねぇ。実家の犬小屋を思い出すわ」

「お前もう帰れよ」

このお嬢様め、いつかボコボコにしてわからせてやるからな。霧谷が。

＊

西園寺の協力のおかげもあり、引っ越しの作業は予想以上に早く終わった。

それから俺は西園寺のことをさっさと追い払おうとしたのだが、「ホントにこれで終わりのつもり!?　私にしかできないことがあるでしょ！」などとうるさかった。

その結果……。

「はい、できたわよ」

午後七時。赤いドレスの上からエプロンを着けた西園寺が、食卓にチャーハンを並べた。

思わずヨダレが出てしまう香ばしさ。卵と溶け合った米粒が金色に光っている。

「おお……料理が特技と言うだけはあるな」

「私にかかれば当然よ。中でもチャーハンは私の十八番《おはこ》、ありがたくいただきなさい」

椅子に座る俺を見下ろしながら、西園寺は自信満々なドヤ顔で腕を組む。

——そう、西園寺が提案したのが料理だった。

西園寺の手料理は誰もが舌を巻く逸品だが、他の生徒に振る舞ったことはない。そんな料理を味わうことこそ、初めて西園寺に勝利した者が得る報酬にふさわしい、らしい。

……いや待て。西園寺の相手をするのがめんどくさくて了承してしまったが、冷静に考えたらこの状況はよろしくないんじゃないか？

部屋でとびきりの美少女と二人きり、しかも手料理を振る舞ってくれている。

普通なら心躍る状況なのだろうが……霧谷にとっておくべきだったんじゃないか？

「冷めるわよ？　さっさと食べなさい」

「ああ、わかってる」

西園寺が俺の前の席に座る。すると、俺の顔をニヤニヤと見つめてきた。

……わかったぞ。こいつ、俺に「美味《おい》しい」と言わせてマウントをとるつもりだな。決闘に負けたお返しのつもりだろうが、やはり負けず嫌いが極まっている。

まあこっちは意地を張るつもりもないし、美味《うま》いものには美味いと言うつもりだ。それで西園寺の機嫌が直るならそれはそれで良い。

そんなことを考えながら俺は「いただきます」と手を合わせた。それから美味しそうなチャーハンを、匂いまで堪能しながらスプーンで口まで運び……。

「────ごふううおおああああああぇっっ!?!?!?」

口から吹き出しそうになるのを、ギリッギリのところで飲み込んだ。

……危なかった。もう少しで、食卓が金色にデコレートされるところだった。

え、この見た目で？　つーかチャーハンってこんなに不味《まず》くできるもんなの？

とにかく、こんな劇物はわざと作らないと生まれないだろう。

「てめぇ俺を毒殺するつもりか!?」

「毒、ね。庶民にしては悪くない語彙を使うわね」

「……へ？」

「うんうん、やっぱり何度食べても美味しい！　さっすが私！」

目の前の光景に、俺は呆然とするしかなかった。西園寺は自画自賛しながら毒……味のチャーハンを口に運んでいたのだ。もちろん、心底美味しそうに。

このチャーハンは確かに同じフライパンで作られていた。つまり……。

「絶品でしょう？　執事はいつも『店ですら食べられない味』と絶賛してくれて、あまりの美味しさにトリップしたこともあるのよ。あんたも驚きが止まらないみたいね？」

西園寺はふふーんとドヤ顔で胸をそらした。

……ああ、つまりは定番のあれか。味覚ごと死んでいる究極のメシマズにもかかわらず、お嬢様だから執事も指摘できなかった。そういうやつだ。

「その執事の名前、セバスチャンじゃないだろうな？」

「え、なんで知ってるの？」

「そういうもんだ」

家庭的な一面もある完璧ヒロインに見せかけて、しっかりメシマズ属性を持ってくるとは。名字といい執事の名前といい……このお嬢様、本当に何から何までベタすぎる。

——しかしまずいな。

いや、チャーハンも不味いんだが、本当にまずいのはこの状況だ。やっぱり西園寺にはこれ以上居座られると困る。

主人公である霧谷が真っ先に知るべき西園寺の情報を、俺が先に発見してしまう。

「じゃあ、これ食べ終わったらマジで帰って——」

「なんで私に、勝てたわけ？」

——不意打ちだった。

顔を上げると、西園寺はスプーンを置き、真剣な表情でこちらを見ていた。

その目は赤々とした光を放っている。この状態のときは心を読めるんだったか。

こんなこと、さっきのゲームでもあったな。得意パターンなのだろう。

「……なんだよいきなり。三分の二でこっちが勝つゲームだし、別に普通じゃねぇの？」

「ありえないわ。なんてったって私は一年生最強、特に心理戦で右に出る者はいないわ」

「自分で言うなよ……事実なんだろうけども」

「中でもあのゲームは私の十八番。あんたの行動を完璧に読みきったつもりだったし、確実に勝ったと思った。でも負けたわ。その理由を知りたいの」

「……なんで、と聞かれてもなぁ」

ピリピリとした空気の西園寺に睨《にら》まれて、さっきのゲームを思い返す。

――実際のところ、西園寺の読みはほぼ完璧だった。

俺の心の動きを驚くほど正確に読み取り、論理的に最善手を導き出す。まさしく心理戦の天才、「感情が視《み》える」と豪語するのも納得のゲーム運びだった。

しかし、たった一つだけ、西園寺にも読めていなかった事実がある。

すなわち――俺が心の底から負けようとしていたことだ。

だからこそ西園寺の読みに狂いが生じ、あんな結末になってしまった。

……いやまあ、無理もないだろう。普通に考えて、あの状況で俺が負けようとする理由が何一つとしてない。

　だから今、俺が勝てた理由を正直に白状してしまえば、説明責任が生じてしまう。いっ、たいいなぜ負けようとしたのか、と。

　もちろん、演出のためだなんて言うわけにはいかない。他人に悟られた時点で演出は失敗、これは演出家として絶対に守らなければならない一線だ。

　西園寺は俺の意図なんて知らず、ピュアなヒロインでいてもらわなければならない。

「つっても俺はチョキを選んでたんだぞ？　そっちが深読みしすぎただけだろ」

「私の読みに間違いはないわ。私が集中すれば、あんたの体に出る無意識の反応すべてを拾い上げられるもの。ま、あんたが心と体を完全に切り離せるなら話は別だけど」

「……そんなこと人間にできるのか？」

「ある程度はね。もちろん明日からできるようなことじゃないし、学園でもそれをやってるのは私くらいだけど。その反応を見ても、あんたにできるとは思えないわ」

　スラスラと述べる西園寺の口調に迷いはない。自分の腕に相当自信があるらしい。

　心と体を切り離すなんて聞いたことがないし、心理戦になれば敵はいないだろう。

「じゃあなんだよ、俺の感情がバグってるとでも？」

「そっちの方がまだ考えられるわ。あの時あんたの情報は何もなかったし、あんたが他の人と違う生き方をしてきた可能性を排除していた。でもね」

西園寺はテレビと本棚を指差した。

「大人気のゲーム、大人気の漫画。家具も服も何もかも、普通すぎるくらいに普通よ」

「喧嘩《けんか》売ってんのか？」

「趣味にケチをつけるつもりはないわ。言いたいのは、あんたが普通の人間だってこと」

「……まさかとは思うが、引っ越しを手伝いながらプロファイルしてたのか？」

「無意識の反応すべてを観察する。負けた相手なんだから当然よ」

本当に当然のような顔で言っているが、普通にデリカシーがないと思う。

お前それ、ヒロインだから許されるんだぞ。立場が逆だったら俺が捕まってるからな。

「まあなんだ、俺みたいなやつが百勝目を遮ったのは悪かった。だけどあれは事故みたいなもんだ。別にいいだろ、一敗くらい――」

「それじゃダメなのよ」

軽く流そうとした俺に、西園寺は悔しそうに声を漏らす。

――この反応、何かある。俺の直感がそう告げていた。

「……なんでダメなんだ？」

「勝ちたい人がいるのよ。今の私じゃ勝てないかもしれない……そんな人」

「全戦全勝じゃなかったのか？」

「今まではね。これから戦うことになるはずの相手よ」

西園寺は俺から目線を逸《そ》らし、どこか遠い目をした。昔の記憶を引っ張り出すような、あるいは自らの使命を思い出すような、そんな雰囲気を感じる。

——うむ、なるほどなるほど。完全に理解した。一つ確かに言えるのは、その相手がいったい誰なのか、俺がここで聞いてはならないのだ。

おそらく西園寺はこの後、そいつに負ける。だが主人公である霧谷《きりや》がそいつを倒して、西園寺が救われて、ハッピーエンド。そんな筋書きがありありと脳裏に浮かんできた。

「その人はとんでもなく強いわ。どんな小さな隙も見逃さずに突いてくる」

「だから、少しでも隙を消すために敗因を知りたいと」

「そういうこと。引っ越しを手伝って、絶品チャーハンまで作ってあげたのよ。それくらい聞く権利はあるはずだわ」

西園寺は強気な態度のまま、再び自称絶品チャーハンを美味しそうに頬張る。

実際にはその絶望チャーハンだけで俺からの好感度は地に落ちたわけだが。

「そうだな……」

返事を濁しつつ、俺は考える。

——今日、俺は西園寺の力を見誤り、思い描いた展開の実現に失敗してしまった。

だが、このくらいの困難は想定内。俺が今までこなしてきた演出、ぶつかってきた困難と比べても、こんなものは些細《ささい》なことでしかない。

ただ――配役が違っただけなのだ。

俺の全てをもって、この世界を最大限に面白く演出する。俺の目的は変わらない。

「俺だって理由はわからん。だが、また俺と何度か戦えばわかるんじゃないか？」

「そうね。私としてはそうしてもらえると一番ありがたいけど」

「じゃあ決まりだな」

俺はテレビを指差した。そこには、家から持ってきたゲームが山のように積んである。

「対戦できるゲームもある。せっかく持ってきたのに、相手がいなくて寂しかったんだよ」

「へぇ、望むところよ。言っとくけど、私は心理戦以外も強いから」

「そりゃあ楽しみだ。でも、単にゲームをするだけじゃつまらないよな。だから決闘みたいに、勝利報酬をつけよう。もしそっちが負けたら――」

なおも強気な西園寺《さいおんじ》に、俺は条件を吹っ掛ける。

――こういう展開になった以上、もう俺は『噛《か》ませ犬《いぬ》の噛ませ犬』ではいられない。

ならば――物語を書き換えてしまえばいい。

俺が西園寺に勝ってしまったことさえも結果オーライにする、そんな筋書きを実現する。

役割、交代だ。

＊

帝王学園はエリートを育てる学校だ。学園には将来有望な生徒たちが集まり、独自のゲーム教育によって能力が伸ばされ、卒業生は多方面で活躍している。

この学園を知る一握りの人間たちは、生徒たちに期待を寄せている。だからこそこの学園は品定めの場であり、敷地内の至る所にカメラがつけられている。

外部の人間がその映像を見るのは、優れた人材を探すためなのだろうが……この学園での演出を志す俺に言わせてもらえれば、少し見方は変わる。

言うなれば、その富豪たちは——観客。

そしてこの学園こそ——物語の舞台だ。


激動の転校初日から一夜明け、二学期の始業式の朝。

校門をくぐってからずっと、俺は生徒たちからの視線を集めていた。

もう少し正確に言えば——俺の隣にいる西園寺が。

「お、お嬢様のお体が……！」「ダメ！　見てはいけないわ！」

西園寺は親衛隊の悲鳴に反応する余裕もない。顔を真っ赤にし、拳をギュッと握り、うつむきがちに俺を睨みながら隣を歩く。

……ま、そりゃ視線も集めるだろう。

あの西園寺が――フリフリとした露出度高めの、メ、イ、ド、服、で、歩いてるんだから。

下を見れば、膝上どころではないミニマムスカート。ムチムチの太ももがまぶしい。

視線を上に移せば、おへそとくびれが露《あら》わになっている。布面積が足りていない。

さらに上を見ると、なんと胸の真ん中には穴が空いている。谷間に手を突っ込みたい。

――西園寺のスタイルの良さを引き立てる見事なコスプレ衣……メイド服である。

「ふははは！　これがゲームで負けた者の末路よ！　西園寺は俺のものだ！」

「……うぅ」

俺の高笑いに、西園寺は悔しそうにメイド服の裾を握る。何でも言うことを聞く、そう約束した以上文句は言えないのだ。

だがその時、通りすがりの男子生徒が首を傾《かし》げた。

「昨日の決闘で決まったのって、今日一日はって条件だったはずだよな？　なんで日付が変わったのにあんなことしてるんだ？」

「いい質問だ！　教えてやろうモブ生徒よ！」

「うおっ」

俺はモブ生徒にビシッと指を突きつけながら言った。

こういう役柄を務めた経験がないので、テンションが高いのは許してほしい。

「あの決闘の後、俺の部屋で何度もゲームをしたんだ。西園寺が勝ったら、何でも言うことを聞く期間を一日減らす。逆に俺が勝ったら一日増やす。そういう条件でな。そして今、その期間は十日にまで延びた。そうだよな？」

「……その通りよ。こんなはずじゃなかったのに……」

「はっはっは、負けた人間はみんなそう言うんだよ！」

西園寺の敗北宣言、そして俺の調子に乗った声に、ギャラリーたちがざわめく。

「それだけ西園寺に連勝したってことか……？」「何か不正をしたんじゃ？」「それより今、部屋に連れ込んだって言わなかったか？」「あの野郎……シンプルに羨ましい」

様々な声、中には不名誉な噂《うわさ》も聞こえてくる。

こんな格好をさせておいて何だが、これ以上のあれこれは一切させていないので安心してほしい。そういうイベントは霧谷にとっておかないとな。

――昨日はチャーハンをなんとか処理した後、テレビゲームで何度も勝負した。今モブ生徒に言った条件にも、好戦的で自信過剰な西園寺はあっさりと乗ってきた。

だが、そんな舞台を整えてしまえば――もはや西園寺になす術《すべ》はない。

「ありえないわ……大して強くもないのに、なんで一回も勝てないのよ……！」

「ま、運も実力のうちってやつだな」

昨日、何のゲームで戦うかは西園寺にすべて選ばせた。

俺の持っているゲームだし、妥当なハンデだろう。経験と腕前が結果に直結する対戦ゲーム、運要素の強いパーティーゲーム、様々な選択肢があった。

しかしそこはプライドの高い西園寺。運ゲーなんかに甘んじず、実力勝負の対戦ゲームで挑んできた。しかもこういうゲームもちゃんと押さえているようで、これまで戦ってきた俺のクラスメイトなんかよりもちゃんと強かった。正直ちょっと驚いた。

とはいえ、俺のやることは変わらない。「次は勝てる」「ミスらなければ勝てる」と思わせながら勝ち続けること。

一見して実力は西園寺の方がやや上、しかしいつの間にか激戦になり、僅差で俺が勝つ。演出家として俺が培ってきた技術をフルに使うことで、そんな戦いを続けたのだ。

——テレビゲームは俺の演出の中でも十八番だ。当然すべてのゲームにおいて、乱数の解析まで全部済んでいる。どんなに有利そうなゲームを選ぼうが、思考力を毒チャーハンでデバフしていようが、その差が覆ることはない。

そして、どうやって勝っているかがわからなければ、感情を読む能力も効果はない。おそらく昨日の戦いで西園寺が得た情報はほとんどないだろう。

勝てそうで勝てず、引くに引けず、ヤケになって戦い続けた結果が、俺の十連勝。

西園寺の言葉を借りれば——相手が悪かったと言うべきか。

「にしても、結局こういうことをさせるんじゃないの。この変態……！」

「悪いな、筋書き……じゃなくて気が変わったんだよ」

「……約束を破る方が西園寺の名折れ……これは命令されて仕方なくなんだから……」

西園寺は歩きながらぶつぶつとつぶやく。限界が近そうだ。

しかしこのお嬢様、本当に約束は守るらしい。

昨日のだって決闘じゃなくてただの口約束。さすがにここまでくると約束を破った方がプライドを保てると思うが……物語上都合がいいので、それは言わないでおく。

――そう、これは俺の趣味などでは断じてない。すべては演出のためだ。

西園寺が噛ませ犬からエロ要員に格下げされ、顔を真っ赤にして衆人環視に悶《もだ》えているのも、ちゃんと必要な工程なのだ。

……しかし、さすがにちょっと可哀想《かわいそう》になってきたかもしれない。

大丈夫だろうかと、西園寺の顔を覗《のぞ》いてみる。

「でもなんだろう。恥ずかしいはずなのに、この初めての気持ち……」

西園寺は頬を上気させ、その目には興奮の色が浮かび始めていた。

……変な属性を開花させる前に、さっさと霧谷に引き渡さないと。

＊

コスプレ西園寺を連れ回すこと数分、割と簡単に霧谷《きりや》は見つかった。

場所は昨日と同じ庭園。霧谷はやはり昨日と同じスーツ姿で、精神を集中させるかのように、立ったまま目を閉じてたたずんでいた。

なぜスーツなんだろう。いや、メインキャラは制服じゃない方が目立つし絵になるしでありがたいんだけど。なお、俺はもちろん普通の制服である。

「用があるって言ってたけど、あのスーツの生徒？　初めて見たんだけど」

「俺と同じ転校生だ。まあ黙ってついてこいって」

軽くあしらわれた西園寺は不満げに、しかし従順に俺についてくる。

だが、ここから起こる出来事に驚くことになるだろう。西園寺も、そして霧谷も。

俺は霧谷のいるところまで行くと、気さくに話しかけた。

「よう、また会ったな」

「……君か」

霧谷はゆっくりと目を開き、ただ静かにそう言った。

それからモジモジしている西園寺をチラリと一瞥《いちべつ》する。どう反応するか期待したのだが、
残念ながら冷めた表情のままだった。霧谷の目を開かせるにはまだ不十分らしい。

それでも、この状況で西園寺を無視するわけにはいかないだろう。

「後ろにいるのは？」

「見ての通り、俺のメイドだ。つーか昨日の決闘のことは知ってるだろ？　俺の言うことを何でも聞くんだぜ」

「……悪趣味だな」

色のない半眼《はんがん》を見せる霧谷の声は一段と冷たい。こうも面と向かって罵られることは普段ないので、なんだかちょっとゾクゾクした。

……いや、そんなことを言ってる場合じゃないな。ここはひと芝居打たせてもらおう。

ただでさえ西園寺《さいおんじ》のせいで注目を集めているところだが、俺は精一杯の大声で叫んだ。

「今更手のひら返すなって！　美少女メイドが欲しいって言ってたのはお前だろ！」

「は？」

「……」

呆《あき》れたような声を出す西園寺、黙ったままの霧谷。

しかしさすがの霧谷も、その眉がわずかにピクリと動いた、気がした。

「……何の話だ」

「いやいや、皆の前だからってとぼけんなって！　昨日言ってたじゃねーか、可愛《かわい》い女の子にメイド服を着せて従わせたいって！　こういうのがそそるんだろ？」

「……」

言葉を挟む余地を与えず、俺は早口を浴びせた。霧谷の目は相変わらず半開きだが、

「何を言ってるんだこいつは」とでも言いたげに見える。

　まあ俺だってそう思う。なんてったって、完全なる捏造なんだから。

　同じ転校生の縁、できれば霧谷とは仲良くなりたかったが、手段は選んでいられない。

　ここはこちらの道理で進めさせてもらう。

　周りの野次馬がひそひそ話を始めた頃、霧谷は半ば諦めるように問いかけてきた。

「……もういい。君の望みは何だ？」

　よしきた。その言葉を待っていたのだ。

「ま、見せびらかして悪かったよ。何せ、昨日ゲームを断られたのがショックでな」

「……それが僕につきまとう理由か？」

「強そうな相手とは意地でも戦いたくなる、ゲーム好きとして当然だろ？　だから、俺の要求はシンプルだ」

　俺は不敵な笑みを浮かべながら、霧谷に人差し指を突きつけた。

「お前に決闘を申し込む！」

　そしてすかさず、俺は親指で後ろの西園寺を指す。

「お前が勝ったら、こいつを自由にしていいぞ」

「え、ちょっと聞いてないんだけど!?」

「言ってなかったからな。だが、今は俺の言うことは何でも聞くんだろ？」

「……ぐぬぬ」

やはりベタすぎるセリフをつぶやく西園寺。それでいいのだ。

――そう、すべてはこの展開、俺と霧谷の決闘のためのお膳立て。

すなわち、西園寺と役割を交代し――俺自身が『噛ませ犬』になるのだ。

学園でも人気のヒロインをボコボコにしてコスプレの刑に処す。昨日の勝利に加えてこの所業、俺は多くの生徒を敵に回したと言ってもいい。

そんな悪役には、主人公の断罪が必要だろう？

霧谷が俺をボコボコにし、晴れて西園寺はヒロインの座へと収まる。あとは西園寺の言っていた、倒したいやつとやらを倒してもらえばいいし、モブの俺はそのまま物語からフェードアウトする。そんな筋書きが必要なのだ。

……しかしやはり霧谷は西園寺に興味がないようで、静かに俺に問う。

「なら、君が勝ったら？」

「あー……そうだな」

そういえば対価を考えていなかった。勝つつもりは一切ないから何でもいいんだが。

「じゃあ昨日言ったとおり、俺の部屋で一緒にゲームしようぜ。きっと楽しいぞ？」

「……」

咄嗟《とっさ》にそう言ってみたが、霧谷はじっと俺を見るだけだった。

報酬が釣り合っていない、そう思っているのだろうか。だが、これでいい。

「なんかすごい条件で決闘が起ころうとしてるぞ？」「あんなの受けない方がおかしいだろ」「受けないなら俺に代わってほしいんだが」

俺たちの周りを野次馬が取り囲んでいた。これでもう霧谷はそう簡単に逃げられない。

極めつけに、俺は霧谷にとって魅力的な条件を加える。

「約束する。この決闘で負けたら、もう二度とお前に決闘は挑まない」

だって物語からフェードアウトするし。

「文句の付けようもない条件だろ？　もしこれでも決闘を受けないなら、ここにいる全員が思うだろうな——負けるのが怖いんだって」

「……」

昨日と同じ言葉で挑発すると、やはりその視線は一段と鋭さを増した。

やはり勝ち負けへの執着は異常なものがあるのだろう。ここまでくればもう一押しだ。

決闘を挑むため、俺はスマホを取り出す。そして霧谷にも同じくスマホを取り出してもらえるよう、強引に霧谷の手を摑《つか》もうとした——その時だった。

——パシィン！

俺の右手は突然、横から伸びてきた手に叩《たた》き落とされた。

「おいおいなんだ……よ……」

俺はその手の主に目を向け——目を見開いた。

そこにいたのは——いろいろと、デカい、メイド。それが強烈な第一印象だった。

顔を見上げれば、透き通るような碧眼《へきがん》を持った、一目でわかるロシア美人。

ブーツの底上げもあってか、180センチはありそうな長身。サラリと腰まで伸びた艶やかな銀髪。貴族のような大人びた気品を放ちながらも、身に纏《まと》っているのはメイド服。

西園寺のコスプレ用とは違うしっかりとしたメイド服だが、腰に強く巻いたベルトのせいで、西園寺よりも一回り大きい胸が強調されていた。

それにしても、胸の上半分が露出してしまっているのは、サイズに合う服がなかったからだろうか。いやデッカ……。

そんな、どこをとってもメインヒロイン級の美少女が。

目を細め、優しい微笑《ほほえ》みを俺に向けながら——口を開いた。

「透様に、触れるな、豚が」

——台無しだった。

「え、なんなのこいつ」

「……ソフィーよ。通称、学園の女王様」

「あー、一年生の中で西園寺と並ぶ実力者っていう？」

「一応そう言われてるわね。私としては、こんなやつと一緒にしないでほしいけど」

西園寺はソフィーとやらを睨《にら》んだ。

対してソフィーは、霧谷を守るようにして間に入り、嘲るような笑みで応戦する。

「元・学年最強のお嬢様、ごきげんよう。この度は露出趣味にお目覚めですか？」

「……好きでやってるんじゃないわ。この男に命令されて、仕方なくやってるのよ」

「聞きましたよ。なんでも、転校してきたばかりの豚に負けたとのことで。豚の慰み者にふさわしい格好ですね」

「……あんたのメイド服だって初めて見たけど？　もしかして誰かに負けたとか？」

「その通りです」

「え？」

予想外の返答に、西園寺が素っ頓狂な声を上げる。

だが、その言葉の真意を西園寺が追及する前に、外野から男の声が飛んできた。

「ソフィー様、いえ女王様！　なぜそのような格好を!?」

「そのスーツの男とはどういうご関係で!?」

見てみると、男子生徒が群がっていた。一定の距離を保ちながらソフィーに詰め寄る。

だがソフィーはその男たちに……霧谷をも凌駕《りょうが》する冷たい視線を向け、吐き捨てた。

「今から説明するに決まっているでしょう？　待つことくらい犬にだってできます。やはり豚は豚ですね」

「ぶひぃっ！」「ありがとうございます！」

身も凍るような罵倒を受け、男どもが感謝の言葉とともにソフィーにひれ伏す。だが男たちは皆、清々《すがすが》しいほどの笑みを浮かべていた。

「ソフィーは男なら誰彼構わず豚呼ばわりするくらいの男嫌いなんだけど、一部には熱狂的なファンもいるわ。あんな風にね」

「……ああ、今の一瞬でわかった」

西園寺の解説なんて聞くまでもなかった。

するとソフィーは、庭園にいる全員に聞こえるように言う。

「今は豚どもの相手をしている暇はありません。カメラの準備はよろしいですね？」

「もちろんや！　ビッグニュースがあるって聞いて飛んできたで！　大したことない話やったら承知せえへんで！」

「ご心配には及びませんよ。さっそく放送を開始してください」

いつの間にか小鳥遊《たかなし》もやってきて、カメラをソフィーたちへと向けていた。

するとと、今まで言葉を発していなかった霧谷《きりや》が静かにつぶやく。

「……ソフィー、余計な真似《まね》はするなと言ったはずだが」

「ここは私にお任せください。透《とおる》様の存在を全校生徒に知らしめましょう」

どうやらこれはソフィーの独断行動らしい。ソフィーはカメラに向かって話し始めた。

「ご紹介しましょう。このお方は、アメリカの名門中学を卒業し、本日からこの学園に転校してきました。その名前は――霧谷透様です」

「――っ!!」

その名前が出た瞬間、西園寺が息を呑《の》んだ……気がした。

いや、西園寺だけではない。ギャラリーの一部にもざわめきが起こる。

「透様はこの三年間、アメリカのインペリアル学園中等部に通っておりました。帝王学園の元となった伝統あるゲーム学園を――全戦全勝の首席で卒業しております」

続く説明に反応し、「あ、あいつか!」「あれが噂《うわさ》の……?」「本当に実在したのか……」といった声がポツポツと聞こえる。

当然俺はまったく知らなかったが、この世界では生ける伝説的な存在らしい。

にしても三年間を全戦全勝って……まさしく最強主人公にふさわしい実績じゃないか。

「おわかりいただけたようですね。透様はそのへんの男、もとい豚どもとは格が違います。透様こそ、いずれこの学園を制するお方です。これ以上の言葉は不要でしょう」

「ちょっとソフィーちゃん！　肝心なところの説明が足りてへんで！」

「はて。まだ何か？」

「いやいやいや。霧谷くんがすごいのはわかったで！　でもソフィーちゃんと言えば、今や一年生の中で唯一無敗のトップランカーや。二人はどういう関係で――」

「ああ、無敗記録ならもう終わりました」

「え？」

ざわっ、とギャラリーに動揺が広がるが、ソフィーは顔色一つ変えない。

「と言っても、そこにいる豚の慰み者とはわけが違います。私は自らの意思で……透様に、初めてを捧げまし、た♡」

「……初めてって初敗北のことやんな？」

「ええ。そしてその決闘には条件もつけたのです」

ソフィーはそこまで言うと……クールな表情を崩し、だらしなく頬を緩ませる。

目をトロンとさせ、恍惚《こうこつ》の表情で霧谷の腕に巻き付いた。

「私が負けたら――この学園を卒業するまでずっと、私は透様の命令を何でも聞く、と」

「「――っ!!」」

「透様に忠誠を捧《ささ》げるため、学園のルールを利用させてもらいました♡　透様は私のご主人様であり、私は透様の奴隷です♡」

媚《こ》びるように豊かな胸を腕に押し当てるソフィーに、誰もが言葉を失う。

昨日の俺と西園寺《さいおんじ》の決闘とは比べものにならない契約。奴隷という言葉がピッタリだ。

「ああ、私は透様の愛の奴隷です！　なんて甘美な響き、口に出してみるとなおさら興奮してきました♡　いかがですか透様！　お望みならば夜の営みのお相手も――」

「調子に乗るな」

「あ～ん、透様ってば冷たい～♡　でもそこが好き～♡」

「ウチらは何を見せつけられてるんや……」

ソフィーの豹変《ひょうへん》に、小鳥遊がうんざりした様子でつぶやく。同感だ。

さっきまで騒いでいた豚どもは「女王様が男に擦り寄るなどと……」「解釈違い……」「ぶっちゃけ羨ましい……」などと口々に呻《うめ》いていた。まあこいつらは放っておこう。

しかし、さすがはクール系主人公といったところか。

並の主人公なら胸の感触に取り乱すところだろうが、霧谷は表情一つ変えない。やっぱりもうちょっと反応してほしい……いやまあ、下手《へた》にウハウハされても困るんだが。

「えー……要するに、二人はパートナーってことでえんか？」

「その通りです。二人で海を渡ってから、私は常に透様をサポートしてきました。ゲームではともに戦うパートナーとして、日常では身の回りをお世話するメイドとして」

なるほど。西園寺と違い、ソフィーは本物のメイドだったらしい。

こりゃ失敗したな。西園寺の衣装はバニーガールにでもすべきだったか。

「私が透様より一足早く入学し勝ち続けてきたのは、すべて透様のためです。透様にふさわしいお部屋を用意し、もちろん二人きりの同棲《どうせい》生活をすでに始めています♡」

……実にけしからん。でもグッジョブだソフィー。

自分だけに心を許す、男嫌いな爆乳銀髪美少女メイドと二人きりの同棲生活。

まさしく主人公にふさわしい待遇だ。でもR18展開だけはやめろよ？　マジで。

「そういうわけですので……」

ソフィーはやっと霧谷の腕から離れると、再び冷たい目を男たちに向けた。

「豚ごときが透様に指一本でも触れたら殺しますよ」

微塵《みじん》も冗談に感じられない、とても良い笑顔だった。

言うまでもなく俺も豚の一人なんだろう。ぶひぶひ。

「……はあ、なんかもうお腹《なか》いっぱいやわ。放送は終わりでええか？」

「ご冗談を。本題はこれからですよ」

サラサラとした長い髪に指を通しながら、ソフィーは再びクールな表情に戻る。

「透様の実力は本物です。とはいえ、まだこの学園において実績がないのも事実であり、そんな状況を私は許せません。ですので……決闘を募集します」

ソフィーはニヤニヤとした笑みを浮かべながら、カメラに向かって挑発的に宣言する。

「本日から一週間、透様は申請されたすべての決闘を受けます。また勝利報酬についても、私の持つ資産なら何を要求しても構いません。私の体も含めて、です」

「……ソフィー、どこまで勝手なことをすれば気が済む？」

「いいではないですか。透様が負けることなどあり得ませんから♡」

霧谷の勝利を信じて疑わないソフィー。そしてその宣言を聞いた霧谷も、ソフィーをたしなめこそすれ、宣言を撤回しようとはしない。負ける可能性など毛頭ないということか。

そしてギャラリーたちはというと……困惑したように顔を見合わせていた。勝って得られるものの大きさと霧谷に勝てる確率を天秤《てんびん》にかけているのだろう。

だが、俺に迷いはなかった。

──俺と霧谷の決闘を実現する、とんでもないチャンスが舞い込んできた。

「はいはい！　はーい!!　俺に挑ませてくれ!!」

俺は真っ先に手を挙げてアピールした。するとソフィーは爽やかな笑顔を俺に向ける。

「お断りします♪」

「おい、すべてって言ったばっかじゃねーか」

「あなたは根拠のない言いがかりで透様を侮辱し、のみならず透様に触れようとした……あなたのような穢《けが》れた豚は、透様の踏み台になる価値すらありません」

「へぇ、そんなこと言っていいのか？」

「……？」

眉をひそめるソフィーに、俺は不敵な笑みを向けた。

「俺も霧谷と同じく、今日転校してきたばかりの一年生だ。そして早くも、西園寺という
お前と同じ格の女子生徒をメイドとして引き連れている。この意味がわかるか？」

「……だから透様と同格だと？」

「いいや、俺が上だ。お前らの形式的な決闘と違って、俺は西園寺を正々堂々倒したんだ。

つまり、霧谷が最強だと知らしめたいなら、真っ先に倒すべきは俺なんじゃないか？」

「……多少は頭が回るようですね。確かに、あなたは今この場で潰しておくべきです」

ソフィーは敵意を剝《む》き出しにして俺を睨みながら、苛立《いらだ》ちを隠さない声で答えた。

よし、俺の挑発が通った。霧谷よりもよっぽど単純で助かる。

「なら決まりだな。そしてもちろん、勝利報酬としてソフィーの身柄すべてを要求する！

両手に花、いや美少女メイド状態で学園生活をスタートさせてやるぜ！」

「……下心を隠そうともしないとは。豚の中でも最底辺の豚ですよ、穢らわしい」

「いやあ、それほどでも」

こちとら噛《か》ませ犬《いぬ》だ。好感度なんてとっくに捨てている。

「で、釣り合うものを賭けるのが決闘のルール。なら、ちょうど同じメイドがいるだろ？」

「……豚の慰み者を引き取る気は毛頭ありませんが、あなたのような底辺が透様と同格だ

と思われては不愉快です。さっさと偽メイドを手放してもらいましょう」

「つまり、俺が負けたら西園寺を自由にする。それでいいな？」

「ええ、構いません」

俺の提案にソフィーは満足してくれたようだ。スムーズに決闘が成立しようとしている。

そんな会話を交わしながら俺は……心の中でほくそ笑むのを抑えきれなかった。

――キタキタキタキタ!!　完っ全に流れが来てる!!

今の状況はまさしく、俺が思い描いた通りのもの、いやそれ以上の展開だ。

この条件なら、霧谷が俺を倒してその実力を知らしめるのと同時に、酷《ひど》い目に遭ってい

る西園寺を救うことができる。噛ませ犬討伐とヒロイン救済、一石二鳥だ。

そしてさらに良かったのは、ソフィーが生放送という形で全校生徒の注目を集めてくれ

たこと。主人公たる霧谷の初陣はやはり大々的に執り行うべきだろう。

わかってるじゃないかソフィー。お前は主人公を引き立てる立派なバディヒロインだ。

「何を笑っているのですか気持ち悪い」

「いやあ、どんな戦いになるか楽しみでな」

ソフィーよ、ここは俺に任せとけ。

どんなゲームだろうと全力で演出し、ご主人様の実力を学園中に知らしめてやるからな。

「そう言っていられるのも今のうちですよ。では決闘を始めます。いいですよね、透様？」

ソフィーはそう言いながら霧谷に最終確認をとる。

霧谷は黙ったまま、相変わらずの半眼《はんがん》で探るように俺を見る。だがここまでの流れを見るに、霧谷はなんだかんだソフィーに甘いし、ここは押し切れるはずだ。

そう思って見ていたところで……。

「お、お断りよ！」

――凛《りん》とした鋭い声が場を遮った。

その声の主は、今まで静かだった西園寺だ。俺の横にまで進み出る。

「ちょっと待て、なんでお前が断る。お前から見れば、俺が負ければ解放されて、俺が勝っても特に何も起こらない。この決闘には何のリスクもないぞ？」

「他人から差し伸べられた助けなんて意味がないわ。私があんたを倒す、このメイド服を脱ぐのはその時よ」

理屈ではなく、これは西園寺のプライドなのだろう。プライドが高いのは結構だが、今発揮されるのは非常に困る。そういうのは霧谷に助けられた後でやってほしい。

俺がどう対応しようか考えていると……。

「それに、透を倒すのも私だから」

西園寺はそう言いながら霧谷《きりや》を睨《にら》む。

その目は——俺と戦った時のように、赤く力強い光を灯《とも》していた。

……透《とおる》？　いきなり下の名前？　なんで？

そして、西園寺に対峙《たいじ》する霧谷は……今日この日、初めて表情を変えた。

「誰が相手だろうと、勝つのは僕だ」

——俺の気のせいだろうか。西園寺と対照的な、青く鋭い光をその目に感じたのは。

二人はこれ以上ないほど鋭い視線で、じっと睨み合う。二人だけの空間ができてしまい、もはや入り込むことは誰にも許されなかった。

「私以外に負けるんじゃないわよ」

「言われるまでもない」

やがてそんな言葉を交わし合うと、西園寺は踵《きびす》を返し、庭園から走り去っていった。

「……っておいちょっと待て、どこ行くんだ——うおっ!!」

どんどん離れていく西園寺の行方を目で追っているうちに、俺は誰かに突き飛ばされた。

見てみれば、霧谷とソフィーのもとへ、我先にと挑戦者が群がっている。

「なら俺に挑ませろ！」「いや僕が！」「こっちが先だ！」

「人を名乗るのなら順番くらい守りなさい豚ども。全員叩《たた》き潰してあげますよ、透様が」

その輪からはじき出された俺は、もはや霧谷に挑むことはできない。いや、西園寺がいない状態で戦っても意味ないんだが。

……何が起こったのかよくわからなかったが、一つだけ確かなことがある。

「ああ……俺の筋書きが……」

西園寺が余計なことを言ったせいで、また物語が変な方向へ向かってしまった。

「一年生二大美女の陥落に最強転校生!!　二学期初っ端《しょぱな》からオモロなってきたでぇ!!」

その輪の中から、楽しさを隠せないような小鳥遊《たかなし》の叫び声が聞こえた。

＊

始業式は城の中にある大講堂で行われるが、必ずしも出席する必要はないらしい。始業式の様子はアプリに配信され、後からでも見返せるからだ。

始業式直前にソフィーが決闘相手を募集していること自体、始業式が軽視されている証拠である。そんなつまらない行事よりゲーム優先……さすがは頭脳ゲーム学園。

そして俺にも、始業式よりもよっぽど緊急な用事があった。

「……やっと追いついたぞ」

全力疾走で走り去っていった西園寺を追いかけること数分。西園寺は喧騒《けんそう》から離れ、人が少ない建物へと逃げ込んでいた。その階段の踊り場でやっと追いついたのだ。

西園寺《さいおんじ》は息を切らせながら振り返り、俺に体を向ける。

「……遅いわよ」

「はあ？」

西園寺は怒りを露《あら》わに、と同時に少し涙目になりながら、俺にまくしたてた。

「なんでもっと早く追いついてくれないのよ！　このメイド服で一人っきりなの、すっごく心細いんだからね!?」

「知らねぇよ！　勝手に逃げたのはお前だろ！」

「……ふん」

シンデレラ気取りのお嬢様は黙り込み、気まずそうにつんと横を向く。無我夢中で走り出してしまい、一人になってから我に返ったという感じだろうか。

だが、あいにく王子様を務めるべきは俺じゃない。

その適任者について、ここで尋ねないわけにはいかないだろう。

「お前、霧谷とはどういう関係なんだ？」

「……関係って？」

「さっきの態度、霧谷とは知り合いなんだろ？」

突然の名前呼び、間に流れる空気。二人に接点があるのは誰の目にも明らかだった。

西園寺はふぅっと大きく息を吐き、息を整えながら口を開く。

「一言で言うなら、そうね……幼馴染よ」

「幼馴染《おさななじみ》！　幼馴染だと!?」

俺は思わず西園寺の両肩を摑《つか》んでいた。

「ちょっと、いきなり何よ！　何か文句ある!?」

「そういうことはもっと早く言え！」

「なんでよ!?」

ちょっと引いている西園寺を前に、俺は頭を抱えた。

……迂闊《うかつ》だった。まさか二人の間にそんな関係性が隠れていたとは。

事前に知っていれば、それを活《い》かした展開を用意できたかもしれないのに。

「っていうか、あんたも透のこと知ってたわけ？」

「いや、転校手続きの時にちょっと話しただけだ。そっちは初会話か？」

「そうね。……中学からアメリカに行っちゃって、それ以来会うのは初めてよ。見た目も雰囲気も変わっちゃってて、すぐに透だってわからなかったわ」

西園寺は遠い目で窓の外を見やる。昔の霧谷はどんな人間だったのだろうか。

「もしかして、昨日言ってた勝ちたい人ってのも？」

「ええ。……絶対に勝つ。透の連勝を止めるのは私よ」

西園寺の目が鋭くなる。その強い言葉に、俺はただならぬものを感じ取っていた。

――二人の間には、幼馴染以上の何かがある。きっとそうだ。

だが、ここで俺のようなサブキャラが詮索するのはご法度《はっと》だ。西園寺の胸中には霧谷に対する恋心さえ眠っている気もするが、断じて俺が掘り起こしてはならない。

「……しかし、これからどうすっかなぁ」

霧谷と戦えなかったのは痛いが、後悔しても仕方がない。俺は思考を切り替える。

こうなってしまえば、物語が次のイベントに進んでしまうのは時間の問題だろう。

すなわち――霧谷が強敵を打ち負かし、学園に実力を知らしめる。そんなイベントだ。

その相手を務めるべきは俺なわけだが、さっきは見事に振られてしまった。ああしてソフィーが霧谷の対戦相手を募っている以上、もうその流れを止めることはできない。

――幼馴染ヒロインを霧谷のもとに戻す。これは確定事項だ。

仮にソフィーがメインヒロインだったとしても、数年ぶりに再会した因縁の幼馴染ヒロインを物語から締め出すわけにはいかない。

だが、どれだけ俺が西園寺を冷遇しても、霧谷とソフィーは助けてくれそうにない。

そもそもそんな展開を仕組んだところで、西園寺が助けを拒否してしまう。

……詰んでね？

何か別のルートはないかと、俺が頭を捻《ひね》らせていた――その時。

「西園寺、やっと見つけたぞテメェ」

踊り場の上から野太い男の声が降ってきた。

見上げると立っていたのは、目つきが悪くガタイの良い金髪の男だ。

これまたベタな、いかにもチンピラという男である。

「なんだ、剛田《ごうだ》じゃない。何しに来たの？」

「テメェのバカみてェな格好を笑いに来たんだよ」

剛田と呼ばれた男はツカツカと階段を下りてきて、西園寺の前に立った。

こうして並ぶと体格差は一目瞭然で、剛田は少し顎を上げて西園寺を見下ろす。

しかし西園寺は一歩も引かず、剛田に負けないくらいの眼力《めぢから》で睨み返していた。

「こんなヒョロっちいメガネに負けるとは、学園のお嬢様も落ちぶれたもんだな。あァ？」

「私が負けたことは事実だけど、あんたにとやかく言われる筋合いはないわね」

「うるせェ、テメェはオレ以外に負けんじゃねェ」

「私に勝てないからって変な言いがかりやめてくれる？」

二人の目線が火花を散らす。よくわからんが、いきなり新キャラが登場してきた。

容貌と名字から三下臭《さんした》がぷんぷんするし、そう重要なキャラには見えないが……。

「あの……お二人はライバルかなんか？」

「全然、むしろ雑魚《ざこ》中の雑魚。私がこの学園に来て初めて勝った相手よ」

「んなもん昔の話だろうが」

「それからも何かと突っかかってくるけど、私が十連勝中。力の差は歴然ね」

「……チッ」

事実なのだろう。剛田は舌打ちして西園寺を睨みつけることしかできない。

――なるほど、すべて理解した。

この男こそ、西園寺に負け続けてきた凡人。西園寺にとっての嚙ませ犬だったわけだ。

しかし霧谷と俺が登場した今、この男は『嚙ませ犬の嚙ませ犬の嚙ませ犬』にまで落ちぶれてしまった。ややこしいな。

「それよりテメェだ。オレはテメェのことも気に入らねェ」

「え、俺？」

「オレがこいつを倒す予定だったんだよ。横から掻《か》っ攫《さら》われて腹の虫が治まらねェんだわ」

いや知らん。頑張って治めてくれ。

「テメェみたいなメガネ、西園寺を引き連れるタマじゃねェんだよ」

そこは俺も同意見だ。

「つーわけで、西園寺の解放を賭けてテメェに決闘を申し込む！　受けやがれ！」

勢いよく声を荒《あら》げ、剛田は俺に凄《すご》んできた。

なんたる見事な三段論法。ここに辞書があれば「因縁をつける」の例文に載せたいくらいのシチュエーションだ。

「申請したっつってんだよ。アプリを見やがれ」

「うん？　ああ」

言われて俺はスマホを取り出すと、ゲーム内容を見るまでもなく――申請を拒否した。

「……っておいテメェ！　逃げんじゃねェ！」

「いや、今は決闘とか受け付けてないんで」

「あァ？　さっきはこの条件で別の男に決闘吹っ掛けてただろうが」

庭園での騒動を見られていたか……しかし困った。西園寺の解放を賭けての勝負はもちろん霧谷《きりや》限定、間違ってもこんなチンピラに務まる役割じゃない。

「まさか怖《こえ》ェのか？　西園寺に勝ったのは運だけだったってか？」

「ああそうだ話が早いな。ってなわけで決闘はまた別の機会に――」

「その決闘、受けるわ」

――なぜか答えたのは、西園寺だった。

「おいちょっと待て。なんで受けるんだよ」

「当たり前じゃない。剛田が勝てば私は解放されるのよ？　私にはメリットしかないわ」

「さっき『他人から差し伸べられた助けなんて意味がないわ』とか言ってたじゃねぇか」

「透《とおる》じゃないなら話は別よ」

あっさり前言撤回するなお嬢様。西園寺家のプライドはどこ行ったんだよ。

「いいから戦いなさい。これ以上私の株を下げるんじゃないわよ」

「……んなこと言われてもなぁ」

こんな決闘をやっても俺に何の得が……いや待て。

冷静に考えてみれば、戦ってもいいかもしれない。そう思えてきた。

――そもそも霧谷がいない以上、ここは舞台裏だ。俺も相手もモブで、加えて今は霧谷のデビュー戦が華々しく中継されている真っ最中。これ以上ないくらいに目立たないタイミングである。

ならばここはひとつ……試、し、た、か、っ、た、こ、と、を、試、す、チ、ャ、ン、ス、だ。

「まあいいか。俺もゲームに慣れときたいし……やろうぜ、決闘」

＊

俺たちは建物内にあった決闘室に移動した。

もともとこの建物に人はいないが、万全を期してドアも窓もすべて閉めておく。一応カメラを通じての観戦は可能らしいが、始業式の時間だし誰も見ていないだろう。

備え付けのテーブルを挟み、俺と剛田は向かい合った。俺は条件を確認する。

「お前が勝ったら、俺が持ってる西園寺への命令権を喪失する。そんで俺が勝ったら、電子マネー百万円をもらう。……マジでそんなに賭けていいの？」

「問題ねェ」

西園寺《さいおんじ》曰《いわ》く「これくらいの金額は当然よ」とのことらしく、剛田もあっさりと乗った。

まあ最強一年生に勝ちまくって得た権利ならそれくらいが妥当……なわけあるか。

もしかして剛田もお坊ちゃまで、百万円くらいはした金なのだろうか。普通に羨ましい。

「改めて決闘を申請した。さっさと決闘を受けやがれ」

「はいはいわかってるって……あれ？」

確認すると、ゲーム欄が空白になっていることに気づいた。西園寺の時と同じだ。

「……まさかこれ、空白申請ってやつか？」

「西園寺と同じ条件じゃねェとおかしいだろうが。ゲームを選びやがれ」

剛田は堂々と言ってのける。実力はともかくとして肝が据わっているらしい。

「ふん、雑魚のくせに調子乗るんじゃないわよ」

横を見ると、少し離れた場所に座っている西園寺がつまらなそうに吐き捨てる。

西園寺は立会人であり、もちろんゲーム中に口出ししてくることはない。

それでも、腕を組み、俺のことをじっと見ている。いや……観察している、と言う方が正しいか。スマホを覗《のぞ》き込んでいても、痛いくらいに視線を感じる。

——おそらくこの決闘、西園寺は俺の勝利を確信している。

西園寺の言動の端々から、俺はそう感じていた。霧谷がダメでも剛田なら良いと言ったのは、剛田なんかじゃ救いの手にならないと確信しているからだろう。

そして、西園寺がこの決闘を積極的にセッティングした目的は——たぶん、俺の強さの秘密を見抜くこと。

昨日俺にテレビゲームで連敗している時は、西園寺もゲームに集中しており、俺のことをまともに観察できていなかったはず。

だから、今日こうして外から俺の戦いを眺めることで、俺を分析しようというわけだ。

つまり俺は今回も昨日と同様、西園寺に悟られないよう演出しなければならない。

……この状況は面倒なようでいて、実は都合がいい。なぜなら、俺の演出がこの学園で通用するかをテストするにはもってこいだから。

俺が自由にゲームを選べる今、テレビゲームの次に得意なゲームといえば……。

「じゃ、シンプルなブラックジャックで」

俺はゲーム内容を剛田に送り、備品の棚から二組のトランプを取り出した。

——ブラックジャック。カードを引くか引かないかを選び、21を超えないよう気を付けながら、手札の合計を21に近づけていくゲームだ。

世界中のカジノで大定番のゲーム。とはいえルールは単純で、俺も小学校で流行《はや》らせた。

「テメェ……ナメてんのか？」

だが、剛田はなぜか青筋を立てている。

おいおい贅沢《ぜいたく》言うなよ。モブ同士の小競り合いにオリジナルゲームなんて使わないぞ。

「なんだよ、ブラックジャックじゃ不満か？」

「違《ちげ》ェ。オレがプレイヤー、テメェがディーラー固定でいいのかってんだよ」

「なっ――」

立会人の西園寺も思わず声が出たようだ。

剛田に睨《にら》まれ、慌てて口を塞ぐが、また険しい顔に戻って俺をじっと見つめる。

――ブラックジャックを二人でするときは、ディーラーとプレイヤーに分かれる。ざっくり言えば、カードを配る側と競技する側だ。立場が違うので、一回ずつ役割を交替して二まわりプレイするのが初期ルールとして設定されていた。

だがゲーム受理時、俺はずっとディーラーを務めるように設定した。そして、その事実を知った西園寺は俺に、信じられないものを見るような目を向ける。

……ま、そうなるわな。

「いやいや、お前は何もわかってない。ディーラーの方がカッコいいだろ」

しかし俺は呑気《のんき》にトランプを手に取り、手早くシャッフルした。

さすがに高級なトランプなのかよく手に馴染《なじ》む。心地よい感触に身を任せ、まるでマジシャンのように、カッコいいシャッフルをいくつかやってみる。

小学校のクラスメイトたちはこれを見ると喜んで、みんな俺を真似《まね》ようとしたものだ。

しかし剛田《ごうだ》のお気には召さなかったらしい。気づけば青筋がさらに濃くなっていた。

「……後悔すんじゃねェぞド素人が」

『決闘が成立しました』

機械音声により、ゲームのルールが読み上げられる。

『ブラックジャックのルールを説明いたします。今回のゲームでは、ジョーカーを除いた二組のトランプ、合計百四枚を使用します。またゲームは二ゲーム行い、剛田力也《りきや》がプレイヤーを、田中叶太《たなかかなた》がディーラーをともに務めます。

ブラックジャックは、手札の合計を21に近づけるゲームです。トランプの数字は、2から9はそのまま数え、10、J、Q、Kはすべて10と数えます。ただしAは、1と11のどちらとして数えるかを状況に応じて選べます。

ゲームは、ディーラーが山札から、カードを両者に二枚ずつ配ることで始まります。この時、プレイヤーの手札は二枚とも表向きに。ディーラーの手札は一枚を表向き、もう一枚を裏向きにしてテーブルに置きます。

プレイヤーはこれらの情報から、ヒット、すなわちカードをもう一枚引くか、スタンド、すなわちカードを引かずディーラーと勝負するかを選びます。ヒットを選択しバーストした場合、すなわち合計が22以上になった場合、プレイヤーの敗北となります。

プレイヤーがスタンドを選択すると、ディーラーは裏向きになっていた手札をめくり、その数字の合計が17以上になるまで山札からカードを引き続けます。カードを引いたディーラーがバーストした場合、ディーラーの敗北となります。

ディーラーの合計が17以上21以下になった場合、プレイヤーとディーラーの合計を比べ、より21に近い方が勝者となります。

このようなゲームを繰り返し、山札が二回なくなった時点でゲームを終了とします。その時点で勝った回数が多い方が決闘の勝者となります』

ルールの説明が終わる。これらは俺が指定したルールだ。

カジノならチップを使った行動がいろいろあるのだが、それはあくまでギャンブル用のルール。今回は勝ちと負けをハッキリさせるためにルールを単純化してある。

言ってしまえばこれは――俺が小学校で広め、慣れ親しんだルールだ。

「じゃ、始めるぞ」

俺はそう言って、シャッフルを終えた合計百四枚の山札を自分の手元に置いた。

『ゲームを開始します』

その言葉を合図に山札から二枚を取り、一枚は裏向きのまま、そして一枚は表向きにして自分の前に置く。表向きの方のカードは8だ。

続いて山札から二枚をめくり、表を向けて剛田の前に置く。カッコつけてサッと滑らせるように置いたのだが、剛田には睨まれた。

肝心の数字は3とKで、合計は3＋10の13。21には少し遠い。

「ヒットだ」

剛田は即決。俺は山札からカードを一枚渡す。

このカードが9以上なら、剛田の手札の合計は22以上となりバースト。

だが、実際に渡ったのは6。合計は19になり、かなり21に近づいた。

「スタンド」

当然、剛田はもうカードを引かない。続いて俺は、自分の前にある裏向きのカードをめくる。K、すなわち10だったので、表を向いていた8と合わせて18。

剛田の19よりも1だけ小さく、勝つためにはもう一枚めくりたいところだが……。

「ふん、残念だったな。オレの勝ちだ」

「ちぇー、幸先《さいさき》悪いな」

剛田がバカにしたような口調で言い、俺はすごすごと捨て札を回収する。

——そう。ここが、プ、レ、イ、ヤ、ー、と、デ、ィ、ー、ラ、ー、の、最、も、大、き、な、違、い、だ。

ディーラーは、合計の数字が16以下のときは絶対に次のカードを引かなければならず、逆に17以上なら引いてはならない。ディーラーの行動に選択の余地はないのだ。

つまるところ、本質は昨日の後出しじゃんけんと変わらない。

——勝敗はすべて、剛田の選択によって決まる。

「ま、まだ一ゲーム終わっただけだしな、これからこれから」

「……ナメんじゃねェぞメガネ野郎」

剛田はいちいち怖い顔を向けてくる。顔が怖いのは元からだが。

——やはり昨日の西園寺と同じで、剛田が怒っている理由もそこにある。

勝敗の決定権をすべて委ねるということは、「お前は弱い」と言っているのに等しい。

まあ、ブラックジャックに限っては別の意味もあるのだが……それは後の話だ。

それからも俺は、ディーラーとして次々とゲームを進めていった。

主導権がプレイヤー側にあるとはいえ、そもそもブラックジャックの勝率はほぼ五十%である。勝った負けたを繰り返し、一進一退で進んでいく……はずだったのだが。

「……おいおい、いくら何でも偏りすぎじゃね？」

十七戦目のゲームが終わり、一度目の山札が終わりに近づいていた。

ここまでの俺の戦績は——五勝十敗二分、五つの負け越し。びっくりした。

こっちがディーラーだから文句は言えないが、それにしても、である。

「テメェ、本当に勝率が五十％だと思ってんのか？」

剛田はニンマリと笑い、口を開いた。

「どういうことだ？」

「無知ってのは哀れなもんだな。カウンティングって技術だ」

「……カウンティング？」

「場に出たカードをカウントして覚えるんだよ。そうすれば、次に出てくるカードがわかる。次のカードを寄越《よこ》しやがれ」

促され、俺は十八戦目のカードを配る。

俺の方にあるカードは3、剛田の方にあるカードは5と7だ。

「俺の手札は12、そっちは3。普通はヒットするのがセオリーだな」

「ああ、ヒットでいいか？」

「ナメんじゃねェ。スタンドだ」

剛田は勝利を確信した口調で言う。

俺は自分のカードをめくり、J。それから山札の最後の一枚をめくり、Q。

合計は23になり、バースト。俺の負けである。

「うへぇ、また負けかよ」

「覚えとけ、これがカウンティングの力だ」

後半戦へ向けてシャッフルを始めた俺に対し、剛田は饒舌《じょうぜつ》に語る。

「ブラックジャックは10がゲームの鍵を握る。オレはそれを数えていた。最後のゲーム、オレの勝ちは決まっていたわけだ。ヒットとスタンドの二択なんていう今回みてェに単純なルールなら、勝率が高い方を正確に弾き出せるんだよ」

「……おいおい、そんなのアリかよ。ゲームバランスが崩れてるじゃん」

「だから最初に言っただろうが、この設定でいいのかって。ナメんじゃねェぞ」

「私、こんなやつに負けたわけ……？　しかも何回も……」

はじめは俺をじっと観察していた西園寺《さいおんじ》も、今では涙目で頭を抱えている。

メイド服も相まって見るに堪《た》えない。いや、どっちも俺のせいなんだけども。

「これがブラックジャックの必勝法だ。統計的に見て、オレの勝利はもはや揺るがねェ」

こうして剛田は見事に、ドヤ顔でゲームの必勝法を言い当ててしまった。

——剛田のやつ、なかなかやるじゃないか。頭脳ゲームものの決闘に、解説パートはなくてはならないものだ。花丸をあげたい。

まあ、あくまで——噛ませ犬としてだが。

「つーか、そんなこと俺に教えていいのか？　まだゲームは半分残ってるぞ？」

「バカが。テメェは二戦ともディーラーを選んだだろうが。わかったところでテメェには何もできねェんだよ。指くわえて見てろシャッフルメガネ」

「ぐぬぬ……今の俺にできるのはこの美しいシャッフルだけってわけか……」

シャッフルメガネこと俺は悔しげな表情を作りつつ、カッコよく、そして正確にシャッフルした山札を置いた。

――剛田よ、お前が嚙《か》ませ犬《いぬ》を脱したいなら、二つ覚えておくべきだ。

まず一つ目、カウンティングなんて頭脳ゲームものの定番ネタだ。ラノベで三回は見た記憶があるし、今さらドヤ顔で解説するようなもんじゃない。

そして、二つ目。

――ゲーム中に必勝法を披露するなんて、敗北フラグ以外の何ものでもないんだよ。

小学校時代の俺は、どんなゲームをやるときも、トランプを取りまとめる役だった。箱からトランプを出してシャッフルし、みんなに配り、ゲームが終わったらカードをまとめ、またシャッフルする。そんな役。

普通なら雑用と言える役を、なぜ俺はいつも買って出ていたのか。

みんなには「シャッフルが好きだから」と言って納得させていたが、本当の理由は別にある。そしてそれは帝王学園だろうが変わらない。

トランプゲームの演出は――ゲームが始まる前に、すべて決まっているからだ。

「あ、ありえねェ……」

剛田が、そして西園寺もが、驚愕《きょうがく》の表情でテーブルを見つめる。

「ブラックジャックで……十一連敗だァ？」

あれだけ自信ありげだった剛田の声色は、今では戸惑いに変わっていた。

——後半が始まってから、俺はさらに五連敗した。剛田も、そして西園寺も、完全に剛田の勝ちを確信していた。無理もないだろう。

しかしその後、剛田は最善の選択を続けたにもかかわらず、そのすべてが裏目に出た。

その結果、俺は怒濤《どとう》の十一連勝をキメたのだ。

「キタキタキタ！　これで勝敗は五分！　完っ全に流れが来てるぞ！」

「……ブラックジャックに流れなんてねェよ。この連敗は、ただツキが偏っただけだ」

「つまりあれか、確率は収束するってやつだな！」

剛田はキッと俺を睨《にら》みつける。苛立《いらだ》っているのが丸わかりだ。

——これで、十六勝十六敗二分。ここにきて勝敗が並び、残る山札は八枚。

勝負の行方はラスト一ゲームに託された。

「……ナメんな。ブラックジャックは運ゲーじゃねェんだ」

剛田は肩を震わせながらも、自分を奮い立たせるように言う。

「残りのカードは頭に入ってんだよ！　さっさと寄越せや！」

「興奮すんなって、気持ちはわかるけども」

すごい剣幕で促され、俺はカードを配る。

俺の方に二枚を置き、片方は4。そして剛田《ごうだ》には10と3が配られた。合計は13だ。

剛田は手元に来たカードを見て……眉間に深いしわを作る。

「あれ、今までみたいに即決しないのか？」

「……うるせェ。話しかけんじゃねェ」

「へいへい」

剛田はカードを凝視しているが、考えているという雰囲気はない。むしろ残りの枚数が少ない分、答えを出すのは今までよりもはるかに簡単なはずだ。

ならなぜ即決できないか、答えは簡単。剛田は——迷っているのだ。

今までのゲーム、剛田はすべてカウンティングに従って行動してきた。前半はそれでうまくいっていたわけだが、ここに来て連敗の沼に嵌《は》まっている。

このままでいいのか、と思ってしまうのも仕方のないところだ。

「じゃ、これは独り言だけどさ」

ただ待っているのも芸がない。俺は軽い調子で口を開いた。

「さっき言ってたよな、カウンティングこそブラックジャックの必勝法だって。だけど結局、蓋を開けてみれば五分だったよな」

「……テメェ、何が言いたい？」

「だからさ、カウンティングって意外と大したことないんじゃねえの？」

気の抜けたような俺の声に、剛田の眉がピクリと動いた。そして……。

「素人がナメたこと言ってんじゃねェ！　スタンドだ！」

「お、もういいのか？」

「うるせェ、さっさとめくりやがれ！」

促され、俺は裏向きになっていた自分の手札をめくる。出てきたのはJ、すなわち10で、俺の手札の合計は14。剛田はなおも興奮気味にまくしたてる。

「オレは数えてたんだよ！　残りの山札四枚のうち10が三枚！　残り一枚は7、8、9のどれかだ。テメェが勝つにはここで7を引くしかねェ！」

「7、8、9って何なんだよ、曖昧だな」

「その三つは一緒にカウントするもんなんだよ！」

ああ、知ってるさ。それが一番オーソドックスなカウンティングだ。

西園寺が固唾を呑《の》んで見守る中、俺はそっと山札に手を置いた。俺は剛田の目を見る。

「これが7だったら、さっきヒットしてれば勝てたってことになるわけか」

「んなもん結果論だ」

感情的になりながらも、剛田の目にもはや迷いはなかった。

「ブラックジャックは運ゲーじゃねェ。オレは数字を信じるって決めてんだよ」

力強く断言し、剛田は勝敗が決まる一瞬を待つ。

――十一連敗の憂き目にあってなお、自分の信じた武器を貫き通す。これは簡単そうでいて、なかなかできることじゃない。『噛ませ犬の噛ませ犬の噛ませ犬』にしておくにはもったいないくらいの男だ。いつか物語に組み込んでも良いかもしれない。

そんなことを考えながら、俺はカードをめくった。

現れたのは――7だ。

『勝者、田中叶太《たなかかなた》』

決闘室に機械音声が響き渡る。剛田が、そして西園寺が、呆然《ぼうぜん》とテーブルを見つめていた。

「見ろよ西園寺、すっげぇ大逆転！　こんなことあるのかよ！」

二人の様子を気にも留めず、俺は無邪気に声を上げる。

そんな俺を虚《うつ》ろな目で見つめていた剛田は……。

「ありえねェ……ありえねェ！」

ふと正気を取り戻したように叫び――同じく呆然としている西園寺を睨んだ。

「西園寺テメェ、どんなイカサマをしやがった！」

「はあ？　私？」

「オレがこんなド素人に負けるわけねェ！　そもそもディーラーだけなんて設定条件がおかしいんだ！　テメェがイカサマを仕込んだとしか考えられねェ！」

一見すると無茶な言いがかりだが……実は、自然な発想だ。

剛田の言う通り、カウンティングという技術がある以上、ブラックジャックは原則としてプレイヤー有利。わざわざディーラーだけなんて設定にする理由はない。

ただし、ディーラーにも一つだけ利がある。それは、一方的にカードを操れることだ。

ブラックジャックでは、カードを配るのも、なんならカードに触れるのもディーラーだけ。カードをいじるタイプのイカサマは、ディーラーにのみ可能。ディーラーだけを選んで決闘を仕掛けた時点で警戒するのも当然だろう。

しかし俺は前半戦を通じて、何のイカサマもせず、あんな結果だった。だからこそ剛田は余裕の態度になり、西園寺は頭を抱えていたわけだ。

「負け犬の遠吠《とおぼ》えね。そう思うんなら、こいつか私が仕掛けたイカサマを指摘して証明しなさい。それができたらあんたの勝ちよ」

「……」

「そのルールを踏まえた上で言っておく。このゲームにイカサマはなかったわ」

西園寺は怒って言い返すかとも思ったが、意外にも冷静に答えた。

「いくら賭けの対象になっていると言っても、私は立会人よ。セカンドディール、シャッフルトラッキング、カード拾い……私が知る限りのイカサマを考慮に入れて、あんた以上に田中を見張ってた。だから西園寺家の名に懸けてもいい。私はイカサマをしていないし、もし田中が何かやっていたとしても私は気づいてないわ」

「……チッ！」

格好はメイド服の軽装でも、強者たる西園寺の言葉には確かな重みがあった。その言葉に嘘《うそ》はないと判断したのだろう。剛田は俺を睨みつけてきた。

「なんだよ、そんな難しいことやってねえぞ」

「……」

「あ、もしかして俺のシャッフルをまた見たいとか？　おすすめはウォーターフォォ――」

「見ねェよんなもん」

苛立たしげだが、剛田もわかっているのだ。俺に怪しい行動なんて一つもなかったと。

剛田は残った山札に手をかけ、表に向けた。現れたのはJ、Q、Q。

カウント通りであり、不正がなかった証拠でもある。

「ま、前半はそっちが上振れしたんだし、こっちに運が来ることもあるんじゃねえの？」

「……ありえねェ。マジのド素人が、運だけで十二連勝したってか……クソが！」

ありのままの現実を理解し、剛田は勢いよく壁を殴った。部屋全体が揺れた気がする。

うむ、良いリアクションだ。やっぱりいつかは霧谷《きりや》と戦わせるべきだな。

「……あんた、本当に何もしてないわよね？」

「してねぇよ。逆に聞くけど、俺に何かできると思うか？」

隣に来た西園寺《さいおんじ》の問いかけに、俺はあっさりとそう答えた。

どこか納得いかない表情の西園寺だが、それ以上は何も言ってこない。なんせ俺はディーラーだ。運以外の勝因を見つけられないんだろう。

――まあ、もちろん嘘だ。種明かしをしよう。

五連敗からの十二連勝なんて自然に起こるわけがなく、すべて俺の筋書き通り。

それが可能だったのは……剛田のカウンティングが完璧だったからだ。

カウンティングにはいくつか種類があるが、剛田が使っていたのは最もベーシックなハイローシステム。そこから導かれる最善の選択を、剛田は忠実に守り続けていた。

だが、決まった行動を取るということはすなわち――利用できるということだ。

俺は前半戦、捨て札を整理しながら、カードの並びを頭に叩《たた》き込んだ。同時に、剛田の行動を予測し、逆転勝利を実現できるようなカードの並びを考えておく。

あとは捨て札を丁寧にシャッフルし、百四枚の順番を調整するだけ。俺のシャッフルは自然かつ美しいので、多少時間をかけたところで疑われはしない。

そこまで準備を整えてしまえば、五連敗も十二連勝も、その間に剛田が取った選択も、すべては予定調和。ゲームは始まる前に終わっていたのだ。

——これこそ、俺が小学校のトランプゲームで身に付けた演出の技術。ゲーム展開まで操作しようと思えば、カードの位置くらい把握できなきゃ始まらない。

むしろ、剛田は規則正しく行動してくれる分、気まぐれな小学生を相手にするよりよっぽどやりやすかった。山札さえ調整してしまえば、あとはヘラヘラとゲームを進めるだけで、「カウンティングで勝ってやる」とムキになってくれたからな。

「ってなわけで、百万円は俺のもんだ！」

「……クソが」

アプリを確認すると、電子マネー残高が一気に増えていた。ちょっとくらい親父《おやじ》に分けてやってもいいかもしれない。

それよりも、俺はこのゲームで確かな手応えを感じていた。思わず口角が上がる。

俺は今度こそ——しっかりとゲームを演出できたのだ。

昨日の後出しじゃんけんでは、相手の力量を見誤るという致命的なミスを犯した。

だが今回は、しっかり剛田の行動パターンを見抜き、そのうえでギリギリの逆転を演出することができた。

もちろんイカサマ……もとい演出したことは、剛田にも西園寺にもバレていない。

——俺の演出は、この学園でも通用する！

「覚えていやがれ雑魚《ざこ》が！」

剛田は安い捨《す》て台詞《ぜりふ》を吐き、肩を怒らせて部屋を出て行った。

ああ、雑魚として扱われることが心地いい。これが俺の本来の役回りだ。

願わくはこれからも、俺はモブとして物語を回していきたい。時には強敵に敗れてその強さを際立たせたり、霧谷の大逆転勝利を演出したり。

霧谷たちが表舞台に立ち、俺はそれを陰から支える。俺にピッタリの役割じゃないか。

……いや、気が早いな。ミッションを思い出せ。

まずは霧谷を探しに行き、西園寺を引き渡す。話はそれからだ。

「じゃ、俺たちも行くか。いやー、なんとか運よく勝てたな」

「……ええ、そうね」

西園寺は俺に続くが、今なお考え込んでいる。今の決闘を分析しているのだろうか。

――しかし冷静に振り返ってみると、剛田は思っていた以上に強かった。

西園寺によれば剛田は雑魚らしいが、それでもあそこまで正確なカウンティングができるとは。西園寺も含め、帝王学園のレベルは想像以上に高い。認識を改めないとな。

そんなことを考えながら、何の気なしに部屋から出ると……。


――大勢の生徒が部屋の前に押しかけていた。

「出てきたぞ！」「あいつ、本物だ！」「西園寺に続いて剛田《ごうだ》まで……」「転校生二人のレベル高すぎだろ！」「つーかなんて名前だっけ？」「田中だよ田中」

俺たちはすぐさま囲まれた。たくさんの生徒が、口々に俺の話をしている。

……何が起こってるのか、まったく理解できない。

「ちょっと待て、なんでこんなにギャラリーがいるんだよ!?」

「失礼するでぇ！」

喧騒《けんそう》の中、小柄な女子が生徒たちを押しのけて前に出てきた。

やはり肩にはカメラを担いでいる。言うまでもなく小鳥遊《たかなし》だ。

「緊急生放送！　あの霧谷透《とおる》に続いて現れた、第二の新星にインタビューや！」

「……第二の新星？　つーかこのギャラリーは何だ」

「そらウチが帝王タイムズで速報したからや。注目の一戦が行われてるってな！」

「何してくれてんだ！」

こっそり終わらせようとしてたのに、モブ同士の小競り合いを大ごとにするな。

「そらそうやん！　西園寺ちゃんを下した転校生と、あ、あ、あの剛田くんの対決やで？」

「……あの、剛田？」

「その剛田や。学園のお嬢様・西園寺ちゃん以外には負けなし！　見た目に似合わず数学と統計を駆使して堅実に勝利を積み重ねてきた、あの剛田くんやで！」

興奮気味な小鳥遊に、周りのギャラリーもうんうんと同調している。

……ちょっと待て。話が違うぞ。

「おい西園寺、剛田は雑魚なんじゃなかったのか？」

「雑魚よ。いくら数学的に正しい行動でも、ちょっと揺さぶったら感情的すぎてバレバレ。ゲームを選べば負ける方が難しいわ」

西園寺はつまらなそうに吐き捨てるが……つまりあれか。

雑魚っていうのは、西園寺にとっての雑魚。それも相性の問題。

一年生全体で見ればそれなりの、いやかなりの実力者……。

「運だとしても、あんたが剛田を倒したのは事実。この学園では結果がすべてよ」

西園寺の静かな一言により、嫌でも事の重大さを自覚してしまう。

──また、やっちまった。

「そんでな、実はアンタにお願いしたいことがあるねん」

「……なんだ？」

「うちのメディアが主催する大会、『帝王タイムズ杯』に出てくれへんか？」

小鳥遊は目を輝かせている。たしか、西園寺が優勝宣言してた大会だったか。

それに俺に出てほしいと。うん、ダメ。

「さっきのゲーム見てたんだろ？　勝てたのは運が良かったからだ。実力なんてないぞ」

「むしろ、だからこそええんやんか！　必敗から奇跡の十二連勝で逆転勝利！　最高のゲームやったわ！　これがスターやなくてなんやねん!!」

小鳥遊は興奮気味に話し、周りの野次馬たちもうんうんとうなずく。

――ああ、演出家冥利に尽きる反応だ。これこそ、俺が演出に生きる理由。

だが、今じゃないんだ！　ついでに俺でもない！

「スター候補ならもっと華のあるやつを選べ！　いろいろあるだろ、容姿とか名前とか！」

「確かにアンタは見た目もパッとせえへん。やけどな、やっぱり人は見た目だけじゃないと思うねん」

深そうで浅い言葉とともに、小鳥遊は俺をビシッと指差した。

「アンタには何かがある！　ウチの目はごまかされへんで！」

小鳥遊だけじゃない。野次馬たちからも期待の目が注がれている。

俺はどうすればいいのか、何も思いつかないが……とりあえず。

「知るか！　そういうのは全部霧谷に頼め！」

「あっ、ちょっと待ちや――」

俺は頭が痛くなり、人混みから逃げだした。

＊

「……疲れた」

あれからしばらく経《た》ち、俺はトボトボと学園の外の道を歩いていた。

西園寺は人混みの中に置いてきてしまったし、小鳥遊から逃げながら霧谷とソフィーを探したが、学園内では見つからなかった。もう帰ってしまったらしい。

すなわち、物語を修正するタイミングを逃してしまったわけだ。

「……見たくもないが、見るしかないか」

俺は取り出したスマホを操作し、帝王タイムズを開いた。

学園内の様々なニュースが出てくる中で、ちゃんと霧谷はトップページにいた。やはり全戦全勝の無双状態だったらしく、決闘を見た生徒からの声も載っている。

「どうやって勝ったのかわからない」「最善、最速、最強」「すべてが霧谷の勝利に収束していった」「表情一つ変えずに勝つ様は人間スーパーコンピューター」などなど。

よしよし。霧谷の方はしっかりと主人公をやっているようだ。

しかし……その隣には、俺が西園寺と剛田を倒したニュースもある。ため息が出た。

「俺の筋書きがめちゃくちゃだ……」

いろいろと不本意な結果だが、こうなってしまった原因はわかっていた。

――情報不足だ。

今までの俺は、生徒のことを徹底的に調べ尽くしてから演出していた。生徒の能力なり性格なり、それらすべてを把握し、だからこそその行動を高い精度で予測できていた。

だが、この学園に来てからはいろいろと急展開すぎて、生徒たちのプロフィールをまったく把握できていなかった。その結果がこのザマである。

このままじゃダメだ。だからこそ……。

「せめて霧谷くらいは把握しないとな」

そうして俺は目的地にたどり着いた。目の前にそびえ立つのは——童話の世界から飛び出してきたような、大きな洋館だ。

建物は二階建てで窓がたくさんあり、全体的に高級そうな白で彩られている。さすがに帝王城ほどの衝撃はないが、美しさでは負けず劣らずといったところか。

そしてこの建物は——ソフィーが、まるごと所有している。

言うまでもなく、何人も一緒に住むことを前提にして作られた建物だ。「こんな洋館に一人で住んでどうするのか」という声も今まではあったわけだが、これがソフィーの用意していた、霧谷にふさわしい住居とやらなのだろう。

さて、中には霧谷とソフィーがいるはずだが……。

「よいしょっと」

俺はインターフォンも押さず、木の陰に隠れた。息をひそめ、じっと玄関扉を見守る。

——さて、俺は何を狙っているのか。それを説明しよう。

物語のお約束として、主人公は何か秘密を抱えていることが多い。メインヒロインとお互いに秘密を共有している、なんてのも定番だ。

例えば霧谷《きりや》のようなクール系主人公なら、実は極度のコミュ障とか？

あるいは、家ではソフィーにベッタリ甘えてるとか？

……どっちも想像したくはないし、そもそもそんな秘密がない可能性だってある。しかし逆に、想像もできないような属性を隠し持っている可能性も否定できない。

そしてそんな秘密は、決して学園内で見ることはできないだろう。こういう生活圏とか、ソフィーと二人で過ごす時間とか、そういう場でしか見られないはずだ。

もしも霧谷にそんな秘密が存在するなら、それを暴いてしまう。これが俺の狙いだ。

……ああ、言われなくてもわかってる。仮にそんな秘密があったとしても、本来、俺のようなモブが知っていいものではない。

だが今の俺は、非常手段に訴えなければならないほどに追い詰められていた。

場合によっては、その秘密をバラすぞ、などと脅し、無理やり決闘に持ち込む展開だってありえる。そして俺が負けるのだ。

……ここは学園の外であり、舞台裏。観客たちは見ていない。

表舞台に秘密を持ってこなければ大丈夫。そういう判断だった。

――さて、ここからは持久戦だ。霧谷たちが家から出てくる保証があるわけじゃないし、空振りになる可能性もある。だが、情報収集とはそういうものだ。

地道な準備こそ良い演出に繋《つな》がる。原点回帰といこうじゃないか。

そうして扉を見守りつつ、今後のプランでも考えようとしたところで……。

「お？」

ギギギ、とさっそく洋館の扉が開いた。小さくガッツポーズが出る。

だが、中から出てきたのは――霧谷でもソフィーでもなかった。

「……新ヒロインか？」

そう、現れたのは見たことのない女の子だ。俺は彼女をしっかり観察する。

第一印象はズバリ「可愛《かわい》らしい」だった。ガーリー系なピンクのワンピースに身を包み、腰にはフリフリのレース。肩からは熊柄のポーチをかけている。

全体的にあどけない印象を受けるのは、胸が慎《つつ》ましいのも理由の一つだろうか。

……なんというか、この世界にふさわしくない雰囲気だ。

霧谷、ソフィー、西園寺《さいおんじ》などと違い、張り詰めた空気はまったく感じられない。純粋無垢《じゅんすいむく》で、マスコット的で、庇護欲《ひごよく》をそそる……そんなヒロイン。

その異質感に戸惑いながら、俺は女の子の顔に目を移した。そして。

「――まさか」

思わず声が漏れた。顔を見た瞬間、確信できるものがあった。

女の子は青髪のショートカットで、左目が長い前髪で隠れている。つまりは霧谷と逆。

もちろん体の線は霧谷より細いし、雰囲気や表情は似ても似つかないが、顔のパーツだけは霧谷と瓜二《うりふた》つだった。これはつまり……。

「い、い、い、妹ヒロイン！」

口に出してみても、その答えはピタリと物語に馴染《なじ》んだ。

……ああ、そうだ。そうじゃないか。

まずもって、メインヒロインと思われるソフィーが相当にイロモノなのだ。

そして対抗馬になりそうな幼馴染ヒロインの西園寺も、強気で高飛車なお嬢様。

ここにもう一人ヒロインを加えるなら、純粋無垢な妹はベストチョイスだろう。安心感のある日常の象徴と考えれば、貧乳なのも対比が効いている。

戦いの世界に身を投じる兄、そんな兄を案じつつ時に癒やしを与える健気《けなげ》な妹……。

素晴らしい！　なんて隙のないキャラ配置！

そんな霧谷の妹（暫定）は、上機嫌に鼻歌を歌いながら街へ向かっていく。

「さすがだな霧谷、お前は立派な主人公だよ」

この場にいない霧谷を称《たた》えつつ、ひとまず俺は妹ちゃんの後を追った。

＊

妹ちゃんを追ってやってきたのは、地下都市アンダーの中心部にあるデパートだ。

専用アプリでのキャッシュレス決済なんて当たり前。案内板のタッチパネルが浮遊しているなど、これまたあらゆるところに最新技術が詰め込まれている。

俺としてはやっぱりゲーム類が気になる。ＶＲやメタバースなどの技術も、まだ地上に出てきていないものがたくさんあるのだとか。

そして肝心の妹ちゃんはというと……やはり女の子らしい趣味の持ち主のようだ。

アパレルショップだったり、小物だったり。可愛らしいアイテムを見て回りながら目を輝かせていた。その表情の豊かさは霧谷と正反対、見ているだけで飽きない。

しかし、何か買う様子はなく、スマホを取り出す様子もない。アンダーの住人じゃないとしたら、そもそも電子マネーなんて持ってないんじゃないだろうか。

——おい霧谷、その行動は減点だ。

ちゃんとお小遣いを渡しておけ。というか、買い物にはついていけ。

それが兄としての務めだろう。それが日常パートだろう。

……まあ、今回ばかりは俺にとって好都合なわけだが。

そして妹ちゃんが店のスペースから少し離れ、休憩所のベンチで一人になった時。

俺は満を持して——妹ちゃんの前に姿を現した。

「ねえ君、ちょっといい？」

俺は穏やかに、できる限り不審者っぽく思われないように話しかけた。

声をかけた目的はもちろん、霧谷の情報を引き出すこと。今までどんな人生を送ってきたのか、家族の前ではどんな人間なのか。そんな情報は今後必ず役立つはずだ。

そして妹ちゃんが顔を上げる。だが、その目が俺を捉えた瞬間——。

「ひぃっ！」

可愛らしい奇声とともに、妹ちゃんは表情を引きつらせた。

……え、なんで？

客観的に見ても、俺の容姿はモブの化身と言っていいものだ。

目立たないことはあれど、こんな反応をされたことはない。ちょっと傷ついた。

「いや、俺は怪しい人間じゃないぞ。なんたって霧谷の友達だからな！」

「き、霧谷って……」

妹ちゃんの表情がさらに引きつっていく。

しまった、霧谷の名前を出すのは余計に怪しかったか。なんとか弁解しなければ。

「あれだよあれ、何か霧谷に似てるな～と思ってさ、声をかけたんだよ」

しかし、妹ちゃんの表情にはより深い絶望が刻まれていた。「ガーン！」って感じ。

これはまずい。なぜかわからないがまずい。

強引だが、さっそく本題に入ってしまおう。

「あ、やっぱりそうか！　君って霧谷のいもう――」

「――言わないで」

「うん？」

真っ青な顔をした妹ちゃんは突然、俺の言葉を遮る。

それから体をプルプルと震わせ、意を決するようにして――叫んだ。

「霧谷透が女の子だってこと、絶対誰にも言わないで！」

…………………………は？

＊

「え――――っ！　ボクだって気づいてなかったのー!?」

その後、俺たちは冷静に話し合うため、喫茶店に入った。ただし状況が状況なので、個室のように部屋が区切られている店を選んだ。

小さな机を挟んで向かい合い、美少女と個室で二人きり。

これだけ見れば嬉《うれ》しい状況だが、楽しむような余裕は俺にはない。

「……ああ、てっきり霧谷の妹かと」

「じゃあボク、自分から……もう、ボクのバカバカバカ！」

そう言いながら頭をポカポカと叩《たた》く霧谷。表情豊かどころの話じゃない。

——ありえない。このボクっ娘が、あの霧谷？

「わかるわけないだろ……雰囲気も全然違うし、つーか体格もいつもより細くね？」

「ふっふっふ、あのスーツは特注品なんだ～。体格を補整して男に見えるようにしてくれるんだって。すごいでしょ？」

「なんでもありだな……」

そう言われてしまえば、ひとまず納得するしかない。霧谷は女だったのだ。

だが、やはりこれを聞かないわけにはいかなかった。

「じゃあ、なんで男のふりなんてしてるんだ？　あれは別人格？　それとも演技？」

「それは……その……家の決まりというか……」

それまで明るく答えていた霧谷の歯切れが悪くなり、顔も下を向いていく。

無理もないだろう。俺に見つかった時の反応を見れば、絶対にバレてはいけない秘密だったことがわかる。これ以上突っ込んで聞くのも気の毒だ。

「いや、言いたくないならいい。秘密にしといてやるから」

「……ホント？　絶対だよ？」

「ああ、絶対だ」

霧谷《きりや》は不安げに俺の目を覗《のぞ》き込み、俺はまっすぐにそれに答える。

こうしているとシンプルな霧谷の可愛さにやられそうになるが、我慢すること数秒。

「良かった〜〜〜」

霧谷はそう言って、ソファーに倒れ込むようにぐでっと力を抜いた。

「知られたのが悪い人じゃなくて良かったよ〜。これで言いふらされたり脅されたり、そんなことも考えたから」

「いや、警戒解くの早くね？」

「ボクにはわかるよ、キミはいい人だもん！」

完全に気分が緩んだのか、霧谷はニコニコとした笑顔を俺に向ける。

霧谷（男）とは警戒感が大違いだ。やはり二人は別人格としか思えない。

「あ、そうだ。パフェ頼んでいい？　お金はあっちの僕が絶対返すから！」

「ああ、いいぞ。俺もコーヒーは頼むし」

「やった！　ここのパフェ、美味《おい》しいって評判なんだよ？　食べてみたかったんだ〜」

霧谷はすぐに店員を呼び出すと、パフェとオレンジジュースを注文した。「楽しみだな

〜」と言いながらゆらゆらと体を揺らして待つ霧谷。

そんな姿を見て、ようやく俺も状況を受け止めることができた。

——ああ、確かに言ったさ。時として主人公は、何か秘密を抱えていることがあると。

だが俺をもってしても、「男装女子」なんて属性はまったくの予想外だった。だってさ。

それは主人公の属性じゃねぇ！　ヒロインの属性だ！

「ねぇ、なんでそんなにショック受けてるの？」

「ショックというか……やっぱり女だったってのは予想外すぎてな」

「むー。そんなにボクが女の子に見えないってこと？　確かにボクは小《ち》っちゃいけどさ〜」

霧谷はぷくーっと頬を膨らませ、ペタッとした胸をペタペタと触った。

やめろ霧谷。貧乳ヒロインにしか許されない仕草をするな。

「やっぱり男の子って大《お》っきい方が好きなんでしょ？」

「さあ……人によるんじゃないか」

「うっそだ〜！　フィーちゃんも桃ちゃんもすっごく大《お》っきくて、男の子に大人気なんだもん。キミだって桃ちゃんにあんな服着せてたじゃん！」

「……西園寺《さいおんじ》とソフィーのことか。西園寺についてはああするのが必然というか……まあ、そんだけ可愛《かわい》ければ関係ないんじゃねえの」

「……可愛い？」

ジト目で俺を追及していた霧谷は、そこで目を丸くした。

「……えへへ、可愛いなんて初めて言われた」

霧谷は頬を赤く染め、少しうつむきながら両手を当てた。一転してしおらしく、嬉しそうに、噛《か》みしめるように小さくそうつぶやく。

いや、今のはさすがに俺の失言だったな。どうも調子が狂う。

――これまでため込んでいた反動なのか。霧谷はここぞとばかりに女の子っぽい仕草でヒロインポイントを積み重ね、早くも西園寺とソフィーを凌駕《りょうが》してしまった。

だからこそ……これ以上一緒にいたらダメだ、そう思った。

「コーヒーを飲んだら俺は帰るし、今日のことはなかったことにする。それでいいよな？」

「え？」

飲み物とパフェが運ばれてきたタイミングで、俺はそう切り出した。

「俺は制服だし、もし一緒にいるところを生徒に見られたら、もしかしたら霧谷じゃないかって勘づかれるかもしれない。それはまずいだろ？」

「……そう、だね」

パフェを目の前にした霧谷は、目を伏せ、寂しそうにスプーンを手に取る。

その心の内はわからないが、俺の言葉が正しいことは理解しているはずだ。女バレの可能性を少しでも減らすためには、俺たちは今すぐ離れた方がいい。

あれだけ楽しみにしていたパフェになかなか手をつけない霧谷を横目に、俺はコーヒーを飲み干した。

「タイミングはずらした方がいいだろうし、先に出るぞ。会計はちゃんとやっとくから」

「あっ……」

そう言って俺は立ち上がり、個室から出ようとした。

だが――その歩みを引き留めるように、後ろから引っ張るような力がかかる。

「待って」

振り返ると、霧谷は立ち上がり、俺の制服の裾をぎゅっと握って俺を見上げていた。

お互いに見つめ合い、数秒の沈黙があった後……霧谷は意を決したように口を開く。

「今日一日、ボク、と、デ、ー、ト、し、て、く、れ、な、い、か、な？」

「……っ」

その言葉は、決して冗談には聞こえなかった。

「ボクね、人生で一回くらい、男の子とデートしてみたかったんだ」

「人生で一回って……大げさすぎないか」

「そんなことないよ。詳しくは言えないけど、ボクは一生男の子として生きていく。そういう決まりだから。でも、やっぱりたまに思うんだよ。一生このままなのかなあって」

そう言って霧谷は寂しそうに微笑《ほほえ》んだ。

本来表情豊かな霧谷だからこそ、その寂しさがありありと伝わってくる。

「こんなチャンスもう二度とないと思うんだ。だから今日一日だけ……どう、かな？」

霧谷は上目遣いに、俺をまっすぐに見つめる。期待よりも不安に満ちた目からは、霧谷がどれだけ勇気を振り絞ったかが伝わってきた。

――男として育てられた女の子が恋愛に憧れ、疑似デートをする。

確かに定番のシチュエーションだ。男装ヒロインの必須事項と言ってもいいが……。

「……そんな最初で最後のデートの相手が俺でいいのかよ」

「そうじゃなかったらこんなこと言わないよ。さっき可愛いって言ってくれた時、すっごく嬉しかったんだもん。だから……ダメ？」

「うぐっ……」

箱入り男装女子の人生初デートの相手を務めるだなんて、学園のモブたる俺には許されざる越権行為だ。断るしかない。断れ。頭ではそうわかっているはずなのに。

――こんな表情を見せられて、断れるわけないだろうが。

「……わかったよ、今回だけだからな」

「やった！」

俺がソファーに座り直すと、霧谷は安堵《あんど》の表情とともに小さくガッツポーズを見せた。

やっぱりヒロインとして見ればとびきりに可愛い……じゃなくて。

ここは街。学園と違ってカメラはなく、中継もされていない。つまりは舞台裏。

だからきっと大丈夫だ、そう自分に言い聞かせる。

「ふふふ、デート、デートかぁ。せっかくだからパフェも一緒に食べよ！」

「ああ、別にいいけど……って、おい」

霧谷はスプーンで上部のクリームをすくうと、そのままそれを俺に向けた。

いたずらな笑みを浮かべる霧谷を見れば、何を要求しているかはすぐにわかる。

「やっぱりデートでパフェといえば、だよね？」

「いや、これはさすがに……」

「……ダメ？」

そんな二文字を口にして、上目遣いで俺に訴えかける霧谷。

こいつ、ホントに今まで男として生きてきたの？　振る舞いがあざとすぎるだろ。

──もう、どうにでもなれ。

「はいい、あーん」

俺が投げやりになりながら口を開けると、霧谷は嬉しそうにスプーンを俺の口に入れた。

霧谷に「美味しい？」と問われ、俺はコクコクとうなずく。口の中にクリームが広がっていくが、正直味なんてわからない。

しかし何が嬉しいのか、霧谷はニコニコしながら俺の顔をじっと見つめる。こんなモブ顔を見ても面白くないだろうに。

「えへへ、カップルってこんな感じなんだね～！　じゃあ今度は……」

すると霧谷は俺に、別のスプーンを押しつけてきた。店員にカップルだと思われたのか、もともと二つスプーンが用意されていたらしい。

霧谷が何を要求しているかはやはり簡単にわかった。そして……。

「今日はよろしくね、叶太《かなた》！」

弾むような声で名前を呼ばれ、やはり断ろうという気力が失《う》せてしまう。

——俺は今日一日、霧谷に振り回されることを覚悟するのだった。

＊

「あー、楽しかったぁ～！」

楽しい時間はすぐに過ぎ去るもので、夜。

城のような家への帰り道を並んで歩いていると、霧谷が大きく伸びをした。

「いっぱい買っちゃったね～」

「いろいろ回ったからな。ま、俺も引っ越してきたばっかりだしちょうど良かった」

そう答えた俺は、両手にどっさりと紙袋を抱えていた。

俺の荷物としては、アンダーの最新技術を使った家電やゲームが多め。

そして霧谷の荷物はというと、大部分が服。言うまでもなく女の子の服だ。

「全然時間足りなかったね。叶太のいろんな服も見てみたかったな〜。あと絶対、メガネは外した方がカッコいいと思う！」

「それだけはダメだ」

「むー、なんで？　伊達《だて》メガネなんでしょ？　外してみればいいのに」

ぷんぷんと頬を膨らませているが、霧谷は何もわかっていない。

メガネとはすなわち、モブの証《あかし》なのだ。これを外すと俺が俺でなくなってしまう。

「ま、俺は服なんていつでも買えるしな。霧谷はそうそう買えないだろ？」

「うん、ありがと。こんな機会じゃないと買えないし、それに男の子の意見も聞けたし！」

「そりゃよかった。ぶっちゃけ、スタイルも良いし可愛いから何でも似合ってたけどな」

「……えへへ、また可愛いって言ってくれた」

「……」

霧谷は頬を緩め、満足げに言葉を嚙みしめる。

今のも失言だった。俺もまた、霧谷が放つラブコメの波動に当てられているらしい。

なんというか、こういう時だけちゃんと照れるのがズルいんだよな。

「叶太は今日、楽しかった？」

「……そりゃあもちろん」

俺を見上げて問いかける霧谷《きりや》への答えは、紛れもない本心だった。

――俺にとってデートというのは、あくまで演出の対象だった。

相性の良いクラスメイトを見つけてデートをセッティングしたり、デートを観察しながらラブコメイベントを起こしたり、ヤンキーに変装して女子に絡んでから男子に追い返されたり（これによって男子の株が上がるのだ）、とにかくそういうものだった。

まさか俺自身がラブコメを体験するとは夢にも思っていなかったが……。

今まで培ってきたラブコメの知識、デートの（演出）経験は、意外にも霧谷を楽しませるのに役立ったようだ。

「えへへ、ボクも！　やっぱり女の子って楽しいね」

霧谷は屈託のない笑みを浮かべる。俺はそれに安堵するとともに……疑念もよぎった。

――本当にこれで良かったのだろうか。

せっかくだし霧谷に楽しんでほしい。その一心で今日を過ごしたが、やはり演出家として、学園のモブとして、不可侵領域に足を踏み入れてしまった気がしてならない。

いやそれ以前に、霧谷の主人公像にも大きなブレが出てきてしまったわけだが。

……さすがにこのまま別れるわけにはいかない。俺は話題を変えた。

「霧谷が女の子だってこと、西園寺は知らないのか？」

忘れそうになっていたが、今日の本来の目的は情報収集だ。デート中は霧谷に配慮して聞かなかったところも、いろいろと話を聞いておきたい。

俺の問いに、霧谷は苦笑いしながら答える。

「桃ちゃんも知らないよ。生まれた瞬間からそう育てられてきたから」

……なんで幼馴染《おさななじみ》が知らないんだよ。むしろそれだけは知っておくべきだろ。

幼馴染属性をナメてんのか西園寺。

「となると、知ってるのはソフィーだけか？」

「うん。フィーちゃんはアメリカに渡った時からずっと、ボクの正体がバレないようにサポートしてくれてるんだ。でもフィーちゃんも含めて、ホントに霧谷家の人だけだね」

「秘密を知っているのは少ない方が良いってわけか」

「ボクだって本当は、桃ちゃんに隠し事なんてしたくないんだよ。でも、それが霧谷家のルールなんだ。破ったら、ボクだけじゃなくて桃ちゃんがどうなるかわからないし」

霧谷はそう言いながらも、「桃ちゃんと一緒にお出かけしたらどんな感じなのかな」などと思いを巡らせている。

そんな、どこか寂しそうな霧谷の様子を見て、俺は聞かずにはいられなかった。

「……霧谷はさ、このままでいいのか？」

「うん、いいんだ」

思いの外返答は早く、声に迷いは感じられなかった。

「男の子のボク、すっごく強いでしょ？　すごいよね～、ボクにはあんなこと絶対できないもん！」

「へぇ、そのへんもやっぱり別人格なんだな」

「うん。今みたいに男の子のボクが勝ち続けて、いずれ日本を背負うような人間になれば、日本も豊かになるんだって。それってすごいことだと思うんだ！　そんなことボクじゃできないし……みんなが喜んでくれるなら、ボクはそれが一番嬉《うれ》しい」

「……そういうもんか」

霧谷が今までどんな人生を送ってきたのかはわからない。おそらく、俺のような一般人には踏み込むことのできない領域だ。

これは霧谷家の問題だし、霧谷自身が納得しているならそれでいいんだろう。

「だけど、だけどね。もしよかったら……またデートして欲しいな」

しかし、霧谷は遠慮がちながら、熱っぽい視線を俺に向けていた。

「おいおい、このままでいいんじゃなかったのか」

「意地悪言わないでよ～。だって、デートがこんなに楽しいと思わなかったんだもん。やっぱり、相手が叶太だったからかな？」

乙女の顔で上目遣いに俺を見上げ、ツンツンと指先を突き合わせている霧谷。

……ダメだ、この関係は一回きりにしないといけない。そうじゃないと、何か変な沼に引きずり込まれてしまいそうだ。

「そうは言ってもソフィーに止められるだろ。っていうか今日は大丈夫だったのか？」

「今日はいないよ。月に一回くらい、用事で地上に戻らなきゃいけないんだって。だから来月もチャンスはあるはず！」

「……さすがに危ないだろ。今日のことだってバレないとも限らないし……」

「絶対バレっこないよ！　スマホは家に置いてきたから位置情報もバッチリだし！」

霧谷は自信ありげに小さな胸をふふんと張る。

……なんだろう。なにか余計なフラグが立ったような……。

「こういう服だっていつもちゃんと隠してるし、あとは帰って着替えちゃえば――」


「――透様」


……言わんこっちゃない。

地の底から響くような声に、霧谷は顔面蒼白《がんめんそうはく》で、首をグギギと回しながら振り向く。

「家で待っているようにと申し上げたはずですが」

そこでは、ソフィーがにっこりと微笑《ほほえ》んでいた。案の定、目は笑っていないが。霧谷はというと、生まれたての小鹿のように足をガクガクと震わせている。女の子モードの霧谷とソフィー、二人の力関係が一目でわかった。

ソフィーは笑顔を保ったまま、プルプルと体を震わせる霧谷にゆっくりと近づく。その手に持っているのは鞭《むち》……のように見えたが、違う。男物のネクタイだ。

「ふんっ!!」

ソフィーは霧谷の首根っこを摑《つか》んだかと思うと、ネクタイを勢いよく巻き付けた。喉を締められた霧谷は「ぐぇっ」と呻《うめ》いたかと思えば、ガクンと頭が垂れる。普通に絵面が怖すぎるが、ソフィーにとっては慣れたことらしい。平然としながら意識の飛んだ霧谷の体を支えている。

すると数秒後……ゆっくりと、半分だけ霧谷の目が開いた。

その半眼《はんがん》に先ほどまでのような色はない。主人公モードに戻ったようだ。

そしてそんな霧谷は、状況を把握するように辺りを見回し……そして次の瞬間。

「――っ!?!?」

「……え?」

霧谷はガバッと勢いよく、自分の上半身を両手で抱きしめるように押さえた。

そしてそのまま、女の子らしい服装を隠すように身をかがめる。これって……。

「まさか霧谷、照れて――」

「照れてなどいない」

「いやでも――」

「僕に感情などない」

霧谷は食い気味にそう主張しながらも、明らかに頬を赤く染め、俺を睨《にら》んでいた。

なんならちょっと涙目にも見えるし、その目にいつもの冷たさは微塵《みじん》も感じられない。

――ゾクッとした。今まで男の娘という属性の良さがピンときていなかったのだが、新しい扉が開いたかもしれない。いや、霧谷は女なんだけども。

「透様《とおるさま》、落ち着いてください。こんな豚など人目として認識する価値もありません」

「……わかっている」

ソフィーの失礼な発言により、霧谷は落ち着きを取り戻したらしい。

霧谷はゆっくりと立ち上がると、大きく深呼吸し、いつもの無表情を取り戻して言う。

「君と僕は敵同士だ。それはこれからも変わらない。今日のことはすべて忘れろ」

「あー……うん」

声色も雰囲気も完全に主人公モードに戻り、霧谷は両手でネクタイを締める。ピンク色のワンピースの上なので絶望的に合っていないのだが。

二重人格をまざまざと見せつけられ、俺は呆然《ぼうぜん》とするばかりだった。

「まことに不本意ながら、私はこの豚とお話があります。透様は先にお帰りください」

「……わかった」

ソフィーの言葉を聞き届け、霧谷は家への道を歩いて行ってしまった。

街灯が夜道を照らす中、俺は取り残される。目の前にはにっこりと笑うソフィー。

——何か弁解しないとまずい。

「言っとくけど、俺は悪くないぞ。霧谷が出歩いてたのをたまたまああぁぁぁ!?!?」

ソフィーは迷うことなく、腰から取り出したナイフを俺の喉元に突きつけてきた。

まずいぞ、この場には目撃者がいない。完全犯罪が成立してしまう。

「……このナイフ、本物じゃないよな？」

「問題ありません。何かあれば霧谷家の力で揉《も》み消しますので」

「問題しかねぇよ！」

「とはいえいろいろと処理が面倒ですし、こちらとしても手荒な真似《まね》をしたくはありません。もしも今日のことを他言しようものなら……わかっていますね？」

俺が全力でうなずくと、やっとソフィーは俺からナイフを離した。目は笑っていなかった。

命の危機から逃れてひと呼吸ついてから、俺はソフィーに言う。

「……つーかさ。事情があるのはわかるけど、たまには女の子として出掛けさせてやってもいいと思うぞ。いろいろと溜《た》まってたっぽいし」

「透様のことは私が一番よく理解しています。豚ごときが口を出さないでください」

「うまくやってるならいいんだけども……お前らってどういう関係なの？」

「あなたに教える義理はありません。話は終わりです」

ソフィーは冷たい目で俺を睨みつけ、踵《きびす》を返した。

何か情報を引き出せればと思ったが、さすがに取り付く島もなさそうだ。

「あ、最後に一つだけ。霧谷《きりや》の服を買ったから持って帰ってくれ」

「いえ、透様に女性服は不要です」

「確実に俺の方が不要なんだが」

「ご自身で着用されてはいかがでしょう」

「そんな趣味もねえよ！」


こうして激動の一日が終わり、霧谷は日常へと帰っていった。衝撃の新事実と、主人公行方不明という大問題と、紙袋いっぱいの女性服を俺に残して。

……これ、どうすりゃいいの？

第三章 主人公の前には強敵が立ちはだかる

Who will win the game?

「ちょっとあんた、私を置いて帰ったでしょ！」

「……ああ？」

翌朝。登校して校門をくぐった瞬間、西園寺《さいおんじ》が頬を上気させながら詰め寄ってきた。

なぜかまた、メイド服を着ていた。

「やっぱり気に入ったのか？　その服」

「はぁ!?　あんたが言うまで脱いじゃダメって約束したんでしょ！」

「ああそういえば……ホントそういうとこ律義だよな」

「あんたに勝って一刻も早く命令解除を……って、あんた顔色悪いわね。大丈夫？」

西園寺は俺の顔を覗《のぞ》き込むと一転、心配そうに声をかけてくる。

実のところ寝不足だ。昨日は考え事が多すぎて寝付けなかったし、そのせいで……。

「それが、とんでもない悪夢を見たんだよ。霧谷が女装して俺に夜這《よば》いしてくる夢だ」

実のところ、本当にそういう夢を見た。

――夢の中で俺は、天蓋付きベッドに寝ていた。

明らかに広すぎる部屋、広すぎるベッド。かと思えば、俺の左隣には西園寺がうつ伏せですやすやと眠っていた。なぜか服を着ていなかった。

そして右隣には同じく一糸まとわぬ姿の霧谷がおり、「叶太《かなた》となら……いいよ♡」などとのたまいながら俺に熱っぽい目を向け、しまいには誓いのキスを――。

――そこで目が覚めたのだが、寝汗がすごかった。思い出すだけでも恐ろしい。

「はあ？」

西園寺が怪訝《けげん》な表情を浮かべる。そりゃそうだろう。

まあ女装という部分だけは嘘《うそ》で、そもそも霧谷は女なのだが、そこはどうでもいい。

だが、俺はこの話題で、大切なことを確認しようとしていた。

――西園寺は本当に、霧谷の性別を知らないのだろうか？

「この夢についてどう思う？」

「どうって言われてもねぇ」

西園寺は眉をひそめると、顎に手を当てて考え込み……真剣な表情でつぶやいた。

「あんたと透……案外イケるかも……」

「もういい、この話はやめよう」

――やめるんだ西園寺、お前にもう余計なイロモノ属性は要らん。幼馴染《おさななじみ》ヒロインなんだから、もっと王道な属性で勝負しろ。

……いや、もはやそんなことを考えても意味ないのか。霧谷は女であり、西園寺はヒロインじゃなかったのだから。

「それより、これからの話をしよう」

空想にふけりながらブツブツつぶやく西園寺を横目に、俺は思考を切り替える。

――昨晩の俺は眠れないなりに、今後どう動くべきかを考え抜き、結論を出していた。

結局のところ、昨日の出来事はすべて舞台裏での話だ。もちろん生徒は知らないし、カメラに映っていないから観客たちも知らない。

だとしたら……西園寺に伝える必要だってない。

――霧谷が言っていた通り、全部なかったことにして、ストーリーを前に進めるべきだ。

「そろそろ出てこい、小鳥遊《たかなし》」

「おわぁ？」

俺がノールックで名前を呼ぶと、気の抜けた声とともに、木陰から小鳥遊が現れた。

「なんやアンタ、気づいとったんか」

「そりゃあカメラなんて抱えてたらな。そんなところで何やってたんだ？」

「もちろん生放送やで！　タイトルは『放置プレイに興奮しながらご主人様を待つメイドお嬢様』や！」

「……はぁ!?　適当なこと言わないでくれる!?」

「ウチのことは信用せんでもええ、やけどカメラは嘘をつけへんで！　わざわざ校門を通る生徒から見える位置に立って、その視線を一身に受けながら恍惚《こうこつ》の表情を――ぐにゅっ」

西園寺が小鳥遊の両頬を手で挟み、口を塞いだ。西園寺の顔は笑っていなかった。

「今すぐ消しなさい？」

「……（ぶんぶんと首を縦に振る）」

「よろしい」

報道への弾圧を目《ま》の当たりにした。いや、この場合は勝手に放送する小鳥遊が悪いか。

「まあ生放送は副産物みたいなもんで、ウチも西園寺ちゃんと一緒でアンタを待ってたんや。ウチは覚えたで、アンタにカメラを向けとけばスクープが落ちてくるってな！」

なんとも不名誉な覚えられ方である。その役割は霧谷のはずなのに。

だが、今回ばかりは好都合だった。ストーリーを進めるために必要だったのだ。

「そりゃあちょうど良かった。せっかくだし、帝王タイムズ杯について聞かせてくれよ」

＊

それから俺たち三人は、一昨日西園寺が取材を受けていた庭園に移動した。これから授業が始まるという時間帯なので、周りに生徒はいない。

……本来なら俺も授業を受けるべきなのだが、授業よりゲームを優先していいのが帝王学園。物語が軌道に乗るまではそれに乗っからせてもらおう。

「今は上級生とは交流しない隔離期で、その最後を飾るのが帝王タイムズ杯、だったか」

「その通り。帝王タイムズ杯を一言で言えば、最強の一年生を決める戦いや！」

俺たちが椅子に腰掛けると、さっそく小鳥遊は熱のこもった説明を始めた。

「トーナメント方式で、ゲームは全部決闘扱いやから、お互いの合意があったら賭けの追加もできるで。もちろん全試合実況付きで生放送や！」

「一年生最強ねぇ。まさしく隔離期を締めくくるのにふさわしい大会だな」

「せやろ？　しかもここで言う最強は、自他共に認める最強や。この大会に出れんのは、帝王タイムズ記者に推薦された一年生だけなんや。そして記者も、推薦した生徒の成績が自分のスコアに反映される。毎月の支給額も変わってくるで」

「ははあ。記者ってのもなかなか大変だな」

「ええねんええねん。おかげで本当に優勝できそうな強者だけが選ばれるし、各々の記者が応援のために記事を書いて盛り上げるからな。外の人らかて注目するし、言うたらこの大会はお祭りや！　メディアの本領やで！」

小鳥遊が心底楽しそうに意気込む。しかし、その勢いはすぐに萎《しぼ》んだ。

「せやけど、今年は盛り上がらんかもしらんわ」

「なんでだ？」

薄々わかってはいるが、聞いてみる。小鳥遊はチラリと西園寺を見ながら口を尖《とが》らせた。

「この前までは、西園寺ちゃんとソフィーちゃん、この二人が優勝候補筆頭やった」

「そういえば西園寺の取材でも言ってたな。優勝候補筆頭だって」

「もちろん二人は強いけど、ゲーム次第では剛田《ごうだ》くんとかにも十分チャンスはあるし、誰が優勝するか読めへん状態やったわ。記者の中でも推しが分かれて、みんなが好き勝手に予想記事を書いて……そんな感じで盛り上がるはずやった」

西園寺は腕と足を組み、目を閉じながら黙って話を聞いている。

「せやけど今は状況がちゃう。霧谷くんや」

やはり主人公。転校生として、しっかり学園を揺るがしていた。

「過去の実績も圧倒的やし、昨日の霧谷くんを見たら誰でもわかる。あの強さは異次元や。優勝候補筆頭どころの騒ぎやないで。こんな無双がいつまでも続いたら、記者も選手も大会に出たがれへん。最悪、決闘なしで優勝が決まるわけや」

……そりゃそうもなるか。優勝が狙えないとなれば、出たい選手はいない。

すべて決闘である以上、自分の金がかかっているのは選手も記者も同じ。外から注目を集める以上、無様に霧谷に負けることは避けたいだろう。

「霧谷以外に対抗馬はいないのか？」

「もうソフィーちゃんは不出場を表明してんねん。どうせ透様《とおる》が勝つから、って」

「まあ、あいつはそうだろうな」

「西園寺ちゃんの方は、アンタに負けたとはいえ根強い人気がある。けどなあ」

小鳥遊は西園寺をチラリと見て、言いにくそうに口を開く。

「霧谷《きりや》くん、まったく感情が表に出んからなぁ。心理戦が武器の西園寺ちゃんは相性悪いんちゃうかって言われてるわ」

「……言わせておけばいいわ」

西園寺は腕を組みながら、怒ることもなく聞いている。ちょっと怖い。

「――でも、そんなんおもんないわ」

そこで一転、小鳥遊が声色を変える。その言葉には、強い決意が感じられた。

「ウチは霧谷くんには賭けへん。絶対に霧谷くん以外を推薦するで！」

「いいのか？　推薦したやつが負けたらいろいろ大変なんだろ？」

「大会が盛り上がらん方が嫌やわ！　ウチの記者どもはエンタメ精神が足りてへん！」

小鳥遊はテーブルをバンバン叩《たた》き、ぷりぷりと怒りながら語った。

この小鳥遊という記者、持っている精神性が俺と同じだ。ちょっと心配になる。

「そういうわけで西園寺ちゃんには出てほしいわけやけど……」

小鳥遊は恐る恐る西園寺にお伺いを立てる。が、小鳥遊の心配は無用だったようだ。

「愚問ね。優勝するのはこの私よ」

ドレスがメイド服に変わっても、西園寺の強気な答えは一昨日と変わらなかった。

「透がどれだけ強かろうと関係ないわ。今日にでもエントリーしておきなさい」

「西園寺ちゃんならそう言うてくれると思てたで！」

小鳥遊は西園寺の手を取り、ブンブンと振る。

「ソフィーちゃんはしゃあないとしても、やっぱり西園寺ちゃんが出てくれな始まらへんからな！　これをきっかけに他の生徒も出てほしいなあ」

続いて、小鳥遊は期待のこもった目で俺を見た。

「おいおい、俺なんてまだ二回勝っただけだぞ」

「それでも期待してまうわ。倒した相手が相手やで？」

「持ち上げ過ぎだ。俺は運だけの男だぞ」

「それが本当かも怪しいところだけど、それ以前に」

西園寺が横から口を挟む。

「あんたは私に勝ったのよ。そのへんにいる雑魚《ざこ》だと思われたままじゃ困るわ」

西園寺はあくまで強気な態度のまま、俺を睨《にら》みつけた。やはり俺を戦わせたいらしい。

だがそう言われなくても、俺の決意はもう固まっていた。

——小鳥遊から聞いた話は、すべて想定していた通りだった。霧谷が帝王タイムズ杯に出場することも、対抗馬がいないことも、大会が盛り上がりそうにないことも。

俺だって小鳥遊と同じだ。大会が盛り上がらないなんて、演出家として許されない。

問題は、どうやって演出するかだが……昨日の時点で俺は結論を出していたし、小鳥遊の話を聞き、この筋書きが最善だと確信できた。

物語の中でも極めて重要な、あの役割を果たせるのは——もはや俺しかいない。

「実を言うと、俺も運の良さならけっこう自信がある。それが決闘で通用するか試してみたいし、決闘もどんどんやっていくか」

「おお、ついにか！　勝ってくれたらもちろん推薦するで！」

「あと、大会を盛り上げるアイデアがあるんだ。後でちょっと聞いてくれよ」

「大会のアイデア？　ええやん、もちろんおもろかったら採用するで！」

食いつく小鳥遊を見て、俺は演出の成功を確信する。ようやく筋書きは整った。

今度こそ——最後の役割変更だ。

＊

それからはあっという間に時が過ぎ……帝王タイムズ杯開催を明日に控えたその日。

「あーもう、また負けかよ！　麻雀《マージャン》ってこういうゲームじゃねーだろ！」

「なんだかんだ田中《たなか》が最後に全部いいとこ持ってくんだもんなー」

「いや〜今日もツイてるな！　今回はこんなもんにしとくか！」

今まで戦っていた生徒たちとワイワイしゃべりながら、決闘室の真ん中に置かれた麻雀卓を片付ける。「またやろうな」と笑顔で言ってもらえるのは演出家冥利に尽きる。

そうして決闘室を出ると、小鳥遊が待ち構えていたようにカメラを向けてきた。

「これで田中くんは二十連勝！　霧谷くんと並んで無敗を継続中やで！」

「いやー、まさかホントにここまで勝てるとは」

この二週間ほど、俺は積極的に決闘を行い、勝ち続けていた。小鳥遊がメディアで盛り上げることもあり、決闘にはギャラリーまで押し寄せている始末だ。

なぜ俺がモブという役割を放棄したのか。もちろんちゃんと理由がある。

――帝王タイムズ杯は、主人公にとって最初の見せ場。ラノベなら一巻のトリだろう。

そのトリを盛り上げるために必須の役割は、もはや西園寺《さいおんじ》などには務まらない。

今の俺が務めるべき役割は――ラスボスだ。

「絶体絶命のピンチから、最後は国士無双をツモって一発逆転！　ホンマすごいわ！」

興奮した様子の小鳥遊に対し、俺は涼しい顔をする。

「いやー、最後はツイてたな！　ま、いつものことだけど」

「ツイてるどころの騒ぎちゃうで！　毎回毎回、なんでそんなに勝てるんや!?」

「おいおい、だからいつも言ってるだろ？」

俺はカメラに向けて親指を立て、白い歯を見せた。

「俺、運だけは良いんだよ」

「出ました！　帝王学園のラッキーメガネ・田中くんの勝利の決《き》め台詞《ぜりふ》！」

小鳥遊《たかなし》が俺をフレームに入れながら、大声で視聴者を煽《あお》った。

……決め台詞も二つ名も絶望的にダサい。なんだよラッキーメガネって。

仮に頭脳バトルものの主人公がこんな扱いを受けていたら、クレームが殺到することは間違いない。それはもはやギャグ作品だ。

だが、今はこれで問題ない。あくまで主人公は霧谷なのだから。

「田中くんの豪運なら、霧谷くんを倒すのも夢やないで！　みんな期待してててや！」

小鳥遊はそう言って生放送を締めた。

カメラを肩から降ろし、俺に向けてしみじみとつぶやく。

「視聴者からの評価もバッチリや。やっぱりアンタの決闘は見てててワクワクするなあ」

やはりこれも演出家冥利に尽きる言葉だ。俺のラスボス造形は正しかったと言えよう。

……役割変更にあたり、俺は考えに考えた。どうすれば霧谷との最終決戦を盛り上げられるだろうか。ラスボスに必要な条件は何だろうか。

そこで登場するのが、俺が数多《あまた》のエンタメ作品から確立したラスボス三箇条だ。

――一つ、ラスボスは強くあるべし。

当然である。霧谷が最強なら、ラスボスにも「こいつには負けてしまうかもしれない」と思わせる実力が必要だ。無敗のまま連勝を伸ばすのは最低限の必須事項である。

――二つ、ラスボスはヒロインを危機に陥れる存在であるべし。

これも必須事項。主人公はヒロインを救ってなんぼである。

この点、俺はすでに西園寺を手中に収め、辱《はずかし》めている。霧谷が俺に勝つことで西園寺が救われる、最終決戦ではそんな構図を用意することになるだろう。

――三つ、ラスボスは主人公と正反対であるべし。

これは必須ではなく努力義務といったところだが、物語に深みを与えるために重要だ。二人は同じ強者、しかし違うところもある。それがプレースタイルならバトルに面白みが出るし、性格や信念ならばドラマが生まれる。

……以上を、そして転校してからの俺の行動も踏まえて。

俺が導き出したラスボス造形は――平凡だが豪運な男。みんなにそう思わせるため、すべてのゲームを演出してきた。

霧谷はまさしく絶対的な強さを誇っている。実力ゲーでは一切の隙が無いし、一見運要素が大きそうなゲームでも、気づけばすべてが霧谷の勝利へと収束していく。その強さは洗練されており、同じ方向性を目指すのは得策ではない。

とはいえ、程度は違えど、大抵のゲームには運要素がある。どんなに緻密《ちみつ》な戦略も、運の一つで勝敗がひっくり返る。ゲームというのはそういうものだ。

……以上を踏まえれば。

決闘で完全実力ゲーを挑まれたときはすべて拒否する。しかし異常に運が良く、すべてを大事な場面での豪運で勝ち上がってきた男。

そんな霧谷と真逆の人間、ゲームによっては霧谷を倒しうると思われる人間こそ、あの状況から俺に務められる最善のラスボス造形。そう判断したわけだ。

「で、霧谷くんも三十連勝超えか。西園寺ちゃんの記録を上回るか楽しみやな！」

そして俺と同じく、当然のように勝ち続ける霧谷。もちろんこれも筋書き通りだ。

——それにしても、最初の二日間が嘘《うそ》だったかのようにうまくいっている。

きっとこれがストーリーの本筋、本来あるべき展開だったのだろう。

「お疲れ様」

その時、俺の決闘を観戦していた西園寺が声をかけてきた。

「一発逆転狙いばっかで筋もめちゃくちゃなのに……ホント、どういう運の良さよ」

「ふっ……勝利の女神は最後に俺に微笑《ほほえ》むんだよ」

「あんたなんかに透を倒されちゃ困るわ。ムカつくし」

そう言う西園寺が着ているのはいつものメイド服。この服装もすっかり定着した。

西園寺曰《いわ》く「あんたに勝つまではこの服を脱がないわ」とのことらしい。本当は気に入ってるんじゃないかと思っているが、口には出さない。

――今日まで俺は、西園寺と戦い続け、言うことを聞く日数を延ばし続けていた。

もちろん、どうやって勝ったかは悟らせず、運で勝ったように見せかけながら。

最初は俺の強さを暴こうと躍起になっていた西園寺も、一度も俺が勝てた理由を見つけられないでいる。俺は西園寺を欺《あざむ》き切ったのだ。

「もちろん西園寺ちゃんにも期待してるで！」

「当然。優勝するのはこの私よ」

西園寺も、俺に負けて以降は勝ち続けている。やはりその心理戦の強さは本物だ。

とはいえ最近は、霧谷の決闘の観戦に時間を使っているようだが。

「そのためには……今日も透を分析するわよ。あんたも協力しなさい」

「へいへい」

一転表情は曇り、西園寺は不安そうにつぶやく。

――西園寺は学園内のモニタールームを使い、霧谷の決闘を毎日分析していた。この格好で一人にするなと、毎回俺も付き合わされているが……手応えは良くなさそうだ。

果たして霧谷がどうやって勝っているのか――西園寺はほとんど摑めていない。

西園寺は険しい表情で拳を握り締める。

「……このままじゃ勝てないわ。私が透《とおる》に勝たないと――」

「まだそんなことを言っているのですか？」

突然、刺々《とげとげ》しい口調で西園寺の言葉が遮られる。

現れたのは言うまでもなくソフィーだ。西園寺はソフィーを睨む。

「……なんか用？」

「いいえ。あまりに愚かなことを言っているので、つい口を挟んでしまいました。透様は見えている世界が違うのです。あなたたちが勝てる相手ではありませんよ」

そしてもちろん、ソフィーの後ろには霧谷《きりや》もいる。相変わらず感情は読み取れない。

――あの舞台裏以来、ソフィーは俺に声をかけてこなかった。翌日だけはものすごい形相で睨んできたが、以降はずっと霧谷のそばに付き、俺が接触しないようにしていた。

もちろん俺も他言などしていないので、文句を言われる筋合いはない。

「にしても、そんな格好でよく堂々としていられますね。慰み者も堂に入《い》りましたか」

「……メイド服はあんたも一緒じゃないの」

「これは透様のパートナーである証《あかし》です。あなたには手に入らないものですよ」

ソフィーは目で俺を牽制《けんせい》しながらも、薄ら笑いを浮かべながら西園寺を煽った。

西園寺も顔を見上げ、負けじと睨み返しながらソフィーに詰め寄る。

すると最初に接したのは――胸だ。

「虎の威を借る狐《きつね》とはまさにこのことね。ダサいと思わないの？」

「見事な負け惜しみですね。かつて透様の隣にこだわっていたのはあなたでは？」

「それは……」

言い合いがヒートアップし、二人の周りにギャラリーが集まる。

お互いメイド服で、大きな胸がギュウギュウと競り合っている。ものすごい迫力だ。

小鳥遊も無言でカメラを構え、その谷間にズームインした。おい。

「私はこの三年間、透様とともに戦いました。私こそ透様の一番の理解者です」

「……付き合ってきた時間の長さなら私だって――」

「過去に縋《すが》り付くのは見苦しいですよ。私は透様をサポートしながら共同生活を送ってきました。あなたが知らない、透様のあんなことやこんなことまで知っています」

後ずさる西園寺。会話は頭に入ってこないが、やはり口論も胸もソフィーが優勢か。

西園寺も十分大きいとはいえ、あのボリューム……日本人では相手にならないだろう。

……俺がそんなことを考え、その場の誰もが二人に注目していた――その瞬間。

「――っ!?」

俺は音もなく、空き教室に引きずり込まれた。

＊

「……霧谷？」

——気づけば、俺は霧谷に押し倒されていた。俺が床に寝そべり、霧谷が両腕を立てて俺の上にいる。廊下から見えないようにしているのだろう。

こうしているとどう見ても男なのに、良い匂いが漂う。頭が混乱しそうだ。

「おいおい、いきなり襲ってくるなんて情熱的だな。心配しなくても、お前が可愛《かわい》い服を着てガチ照れしてたことは誰にも言って——」

「忘れろ」

「忘れる忘れます忘れました」

軽い冗談のつもりだったが、凍るような霧谷の視線からは殺意すら感じた。怖い。

だが霧谷はすぐに無表情に戻ると、「話がある」と言いながら体を起こし、廊下側の壁にもたれかかりながら座った。余計な話は不要らしい。

「そりゃあちょうどよかった。俺もお前に聞きたいことがある」

俺は霧谷の隣に座り込みながら、単刀直入に切り込んだ。

「あいつ……女霧谷が言ってたことは本当なのか？　お前らは別人格なのか？」

「……彼女が君に伝えたことはすべて真実だ。彼女は生まれた時から男として育てられ、ごく限られた人間しかそれを知らない。そして君の想像通り、僕の人格は霧谷家の教育によって後天的に作られた。霧谷家が生んだ最高傑作、それが僕だ」

「……別人格ねぇ。あんまりピンとこないけど」

「お互い、別の人格が表出している時の記憶はぼんやりとしている。だが不都合はない。どうせ彼女の姿を見られればすべて終わりだからな」

「悪かったって。いや俺は悪くないけど」

霧谷は肩をすくめて投げやりに言う。もう俺に隠し事なんてできないという判断か、霧谷の言葉に嘘はないように思えた。

ならば、ずっと聞きたかったことがある。霧谷の本心だ。

「じゃあさ、お前はこのままでいいのか？」

あの時と同じ問いかけに、霧谷は俺を見た。幾分か目に光が灯《とも》っているように見えた。

「女霧谷はああ言ってたけど、いろいろと生きにくいだろ。事情はあるにしても、西園寺《さいおんじ》にくらいすべて打ち明けても――」

「それを決めるのは僕ではなく、彼女だ」

あの時の女霧谷と同じく、迷いのない答えだった。

「僕の使命は、ただ目の前のゲームに勝ち続けることだ。そして彼女は、西園寺桃華《ももか》を裏社会に巻き込みたくないと思っている。僕がその意思に口を出すことはない」

「そうか……」

――裏社会。俺はそれを知らないし、だから霧谷の見ている世界がわからない。女霧谷とのデートの時も、裏社会については安易に尋ねてはならないように感じていた。

　だが、霧谷は予想外の質問を俺に投げかけてきた。

「君は裏社会に身を投じるつもりなのか？」

「え？」

「僕が君に裏社会のことを話すのは、君の実力を見てのことだ。君には知る権利があるし、遅かれ早かれ知ることになる」

「……いやいや、買いかぶり過ぎだって。俺はお前みたいに強いわけじゃ——」

「ごまかさなくていい。君は僕のような勝ち方もできるが、相手を楽しませるために手加減している。そうだろう？」

「……」

　否定しても意味はないだろう。霧谷には俺の勝ち方が見えている。

「弱者は負け方を選べない。どう勝つかは君の勝手だし、口出しするつもりはない。僕はただ、忠告しに来た」

　相変わらず温度の感じられない声で、霧谷は淡々と語る。

「今はまだ、君の実力に気づける人間は限られている。だが、君がこのまま勝ち続けるなら話は別だ。学園の外にはすでに、君に目をつけている人間もいるだろう」

「……ただ優秀な企業や組織に引き抜くため、じゃなさそうだな」

「ああ。裏社会のプレイヤー、その候補としてだ。君はまだ何も知らないんだな？」

俺がうなずくと、霧谷は裏社会について語りだした。

「もともとは一人の資産家の道楽だった。彼は勝負事をめっぽう好み、ビジネスの重要な決定などもゲームで決めさせた。彼に近づきたい人間は必死にゲームの腕を磨いた。人間同士の魂がぶつかり合う、上質なゲームを見ることが、彼の願いだった」

人々がゲームで戦い、限られた人間が観戦を楽しむ。帝王学園のシステムと重なって聞こえた。

「やがて人々は自分自身ではなく、専門の人間を雇って戦わせるようになった。そうなれば、ゲームという文化が政界や経済界に広がっていくのに時間はかからなかった。今やこの世界は、ゲームの強者が世界の帝王に君臨できる時代になった」

霧谷は俺に、冷たく鋭い目を向けた。俺の覚悟を問うように。

「契約を、大金を、時には人の命さえも賭ける、そんなゲームだ。君が求めているような、みんな仲良く楽しいゲームは、この道の先にはない。引き返すなら今のうちだ」

「……お前はその道を行くのか？」

「愚問だな。僕はすでにこちら側の人間だ」

霧谷は遠い目をする。そんな勝負を何度も戦い抜いてきたのだろう。

「僕は学長に呼ばれてこの学園に来た。僕が入学することで学園全体のレベルが上がり、日本を背負えるようなプレイヤーが新たに現れる……そう見込んでいるらしい」

「じゃあお前は、仲間を探しに来たのか？」

「違う。日本を背負って立つ人間は、たった一人の強者——僕だけで十分だ。この学園の三年間で、僕はそれを証明する」

霧谷はそう吐き捨てる。ただただ他人を見下しているようにも聞こえる宣言。

だが俺はそこに、元人格である女霧谷の面影を感じ取っていた。

「お前、優しいんだな」

「……？」

霧谷は眉をひそめた。見当外れな感想に聞こえただろうか。

だが、なぜ霧谷が俺にこの話をしたのかを考えれば、明らかなことだった。

「誰も自分と同じ目に遭わなくて済むように、だろ？」

「……バカバカしい。覚悟のない人間など足手まといでしかない、それだけだ」

話はもう済んだとばかりに吐き捨て、霧谷は立ち上がった。俺もそれに続く。

「君も身の振り方を考えておくと良い。僕の話を聞いたうえで、それでも相応の覚悟を持って僕に挑むのだとしたら——僕がこの手で君を倒す」

そう言いながら霧谷が教室の扉を開けると、ソフィーが待っていた。俺と話す時間を作れるように示し合わせていたらしい。

ソフィーは不愉快そうに俺を睨《にら》みつけていたが、すぐに霧谷とともに去っていった。

……残ったのは、両腕を組んで俺にジト目を向ける西園寺だ。

「ソフィーに言われたわ。透《とおる》があんたに用があるから、教室には入るなって。窓から覗《のぞ》くのもダメだってね」

「ああ、待たせたなら悪かった」

「別にいいわ。それより私が聞きたいのは……二人きりでナニしてたの？」

「安心しろ。お前が想像してるようなことは何もなかった」

「はあ!?　透があんたを引きずり込んで押し倒す妄想なんて全然してないんですけど!?」

「全部言ってんじゃねぇよ！」

その属性は要らないって言ってるだろ。いやまあ押し倒されたのは事実だけど。

「大した話はしてねえよ。もし大会で戦ったら僕が勝つ、なんて言われたくらいだ」

「ふうん、聞いて損したわ。だって勝つのは私だもの。さっさと行くわよ」

「ああ、わかってる」

そう言って西園寺は、モニタールームへと足を向けた。追及されなくて助かった。

——霧谷の正体にせよ、裏社会のことにせよ、霧谷と話した内容を西園寺に伝えるわけにはいかない。それが霧谷の意思だ。しかしそこで一つの疑問が浮かぶ。

霧谷は俺のことを、裏社会を知る資格がある人間だと言った。

ならば、西園寺は——霧谷の目にどう映っているのだろうか？

＊

帝王城の中には、大会でしか使われない大きな決闘場がいくつかある。その中の一つ、この決闘アリーナこそが、今回の帝王タイムズ杯の舞台だ。

一階席と二階席を合わせれば、収容人数の多さは学園一。今日ばかりは全学年の生徒が観客席に集まり、プレイヤーの姿、あるいはそれを映すスクリーンに視線を注ぐ。

——そして、俺はその中心にいた。

「奇跡の大逆転再び!!　ポーカー対決は田中《たなか》くんの勝利や!!!」

「「おおおおおおっっっっ！」」

小鳥遊《たかなし》の実況に呼応し、観衆が沸き上がる。

——帝王タイムズ杯は、蓋を開けてみれば参加者は四人しかいなかった。

霧谷《きりや》、西園寺、俺。そして……。

「ありえねェ、オレはすべて最善の選択をしたんだぞ……」

「あっぶなかったー！　でもあれだよあれ、運も実力のうちってやつ」

「……運だけのカスが！」

たった今俺に負けた剛田《ごうだ》は捨《す》て台詞《ぜりふ》を吐き、肩を怒らせながら会場を出て行った。

俺はディーラーの最後の役目として、使ったトランプをケースの中に戻す。

――悪いな剛田、そしてありがとう。

剛田には相変わらず、『噛ませ犬の噛ませ犬の噛ませ犬』として活躍してもらった。

「豪運の男がまたも剛田くんに勝利！　アンタ、なんでそんなにラッキーなんや!?」

「自分でもわからん。ホント俺、運だけは良いんだよ」

「出ました決め台詞！　まず決勝に駒を進めたんは田中くんや！」

歓声に応え、俺はヘラヘラと配信用のカメラにピースサインを作る。

「続く準決勝第二戦、霧谷VS西園寺は十分後からスタートや！　見逃したらあかんで！」

会場の興奮が冷めやらぬうちに、小鳥遊の言葉で大会は休憩に入った。


「お疲れ様やで！　おめでとさん！」

霧谷と西園寺の決闘を前に、俺は二階の実況席にいる小鳥遊のもとまで来ていた。小鳥遊の隣、解説席と書いてある席に座る。

「そんなに疲れてはないけどな。最後なんてずっとレイズする以外になかったし」

「それで全部勝ってまうんやもんなあ。ゲームは変わったけど、まさにブラックジャック戦の再現やったわ」

小鳥遊の言う通りだ。だが、これは剛田が望んだことでもある。

——俺と剛田のポーカーでは、一ゲームごとにシャッフルするのではなく、山札が尽きるまでゲームを続ける方式を採った。

これは剛田が提案したルール。ブラックジャックと同じようなカウンティングを可能にするもので、あの時の再現、そしてリベンジという意味が強かっただろう。

今度こそ、カウンティングの力で俺を倒してやる、と。

……となれば、俺だってやることは同じ。俺は自らディーラー専任を志願した。

捨て札把握とシャッフルでカードの順番を調整し、大逆転を演出したわけだ。

「剛田くん、『絶対あのメガネを倒す！』言うてたから推薦したんやけどなあ」

「なんだ、剛田もお前が推薦してたのか」

「三人だけいうのも寂しいしな。せっかくやから因縁の対決を実現したったんや」

「……大丈夫なのか？」

「ええねんええねん。こうやって大会も盛り上がってるしな！」

小鳥遊が上機嫌に会場全体を見渡す。

俺が心配しているのは小鳥遊の懐事情なのだが、やはり意に介さないらしい。順当にいけば霧谷が優勝するわけで、すると小鳥遊の来月の生活費は……。

ま、本人が良いならそれでいいか。気にしない気にしない。

「問題は……次が盛り上がるかやな」

上機嫌から一転、小鳥遊は冷静な声でつぶやく。

「大丈夫だろ、なんたって霧谷が出てくるんだぞ？」

「霧谷くんは確かに噂《うわさ》通りの強さや。おまけに顔が良いから女子人気も高い。けどな」

小鳥遊が拗《す》ねたように口を尖《とが》らせる。

「勝ち方が強すぎるねん。情報はすべて完全記憶、あらゆる展開を脳内演算、勝ち筋を見つけたら即終了や。見えてる世界が違いすぎて、どうやって勝ったんかもようわからへん。おまけに感情も出しよらへんやろ？　ウチとしては一番見てておもんないわ」

――これこそ、霧谷が抱える唯一の問題だろう。

霧谷の絶対的な強さは憧れを生み、初めのうちは人を惹《ひ》きつけていた。だが。

その圧倒的な強さ故、常に完勝。追い詰められたことなんて一度もない。

そして霧谷は、感情を表に出さない。常に無表情で、淡々と勝つ。

さらに言えば、どうやって勝っているかさえわからないことも多い。

観客たちは霧谷の勝利に慣れるにつれ、「すごい」とも思えなくなっていったのだ。

――本来なら、どうやって勝ったかは解説されるべきである。

例えばゲーム後にソフィーが「ど、どうやって勝ったのですか!?」と聞き、霧谷が涼しい顔で勝ち方を披露する。これこそ、主人公のすごさを引き立てる演出だろう。

しかし実際は、ソフィーも霧谷も「勝って当然」とばかりに振る舞うだけだ。結果として、霧谷のすごさは曖昧にしか観客に伝わらない。

――わかりきった勝敗、楽しめない過程。そろそろ連勝を見るのも飽きてきた。

これが、霧谷に対する周囲からの評価だった。

「ま、そういうゲームを盛り上げるのも実況者の腕の見せ所じゃないか？」

「ハードル上げてくるなあ。アンタもちゃんと解説してや！」

「あー、運よく良い解説ができるように祈っとく」

「解説まで運頼みかい。まあアンタに解説は期待してへんけど……って、もう時間やな」

一時はまばらになった観客席に、再び人が集まっていた。

会場の熱量もさっきより高く感じる。やはり田中VS剛田戦は前座、こっちが本番だ。

――ああ、もちろんそれでいい。主人公にはしっかりと輝いてもらわねば。

「さあいよいよ準決勝第二戦！　霧谷くんと西園寺《さいおんじ》ちゃん、因縁の幼馴染《おさななじみ》対決や！」

「「おおおおおおっっっっ」」

「解説席には、二人の強さをよく知るこの二人に来てもらったで！」

……二人？

「うげっ」

「それはこちらのセリフです。しつこく透様につきまとうウジ虫が」

「なんかランクダウンしてね？」

心底嫌そうな目を向けながら俺の隣に座ったのはソフィーだった。

ついに豚とすら呼んでくれなくなったらしい。いや呼んでほしいわけじゃないが。

「そもそも解説など必要ありません。勝つのは透様ですから」

「じゃあ何しに来たんだよ」

「さてさて、解説席も盛り上がってきたで！」

「どこをどう見ればそうなる」

俺がツッコミに回らざるを得ない。ラスボスよりもキャラを押し出してくるな。

だがまあ、役者が揃《そろ》うのは良いことだ。準備が整い、小鳥遊が声を張り上げる。

「それではお待ちかね！　選手の入場や！」

アリーナに豪華なファンファーレが鳴り響き、決闘場を挟む両側の扉が開いた。

「勝率は九十九％超え！　逆に百％よりもすごい数字やで！　心理戦なら右に出る者なし、学園のお嬢様！　西園寺桃華《ももか》！」

一方の扉から西園寺が姿を現し、バサッと長い髪をはためかせた。

さすがに今日はメイド服を免除しており、身に纏《まと》うのはあの豪華な赤いドレス。まさしく勝負服という雰囲気だ。胸を張って堂々と歩く。

そして西園寺がテーブルの前にたどり着くと、反対側の扉からも人影が現れる。

「淡々と勝ち続ける様はまるでスーパーコンピューター！　二学期から彗星《すいせい》のごとく現れ連戦連勝、あれよあれよという間に最強の座へ！　霧谷透！」

西園寺とは対照的に、霧谷はいつも通りのスーツ姿だ。気合も何も感じられない無表情でスタスタと歩き、テーブルを挟んで西園寺と向かい合った。

「勝つのは私よ」

「……」

西園寺が放つ圧を、霧谷は冷めた目で軽く受け流す。

……西園寺のやつ、かなり気合が入ってるな。

「さっそく熱い火花が散ってるで！　それでは、フィルター展開！」

次の瞬間――決闘テーブルを円で囲むように、地面から透明なフィルターが出現した。

地面から伸び続けるフィルターは半球状へと変化し、二人がいる場をすっぽりと囲む。

――このフィルターもアンダーが誇る最新技術で、音を完全に遮断できる。

これでプレイヤーの二人には、実況や観客の声は聞こえない。またフィルター内部にはカメラとマイクが設置されており、そこから観客席のスクリーンに二人の映像は届く。

こうすることで、プレイヤーも観客も、大会の臨場感を最大限に味わえるわけだ。

……俺もこの中で戦っていたわけだが、やっぱりいちいち仰々《ぎょうぎょう》しいな。もう慣れたけど。

「てなわけで、解説の二人にも話を聞いていこか」

「話すことなどありません。しつこくつきまとってくる蝨豚を透様《とおる》が振り払うだけです」

「……俺と一緒に西園寺も格下げされてね？」

「確かに下馬評は霧谷《きりや》くん優勢やな！　西園寺ちゃんサイドの田中《たなか》くんはどう思う？」

「どう思う、ねえ」

会場全体にも「どうせ霧谷が勝つんだろう」という空気が漂っているように思う。ここはひとつ、場を盛り上げておくべきだろう。

――ついさっき、霧谷の戦いは盛り上がらないと言った。しかしこればかりは、霧谷だけを責めるわけにもいかない。

根本的な問題は――霧谷の澄まし顔を崩せるような強者がいないことだ。

「総合的な実力で霧谷の方が上なのは間違いないだろうな。だが……」

俺はそこで一つ、意味深に言葉を切った。

――もちろんそんな強者のポジションは、決勝戦で俺が務める予定である。

だがそれはあくまでも予定。この戦いで霧谷が勝つように動くほど俺は野暮じゃない。

そして俺は……心の底から、こうも思っている。

俺以外に霧谷を追い詰められる一年生がいるとしたら――西園寺しかいない。

「今回のルールなら、どっちが勝つかわからないぞ」

『ゲームのジャンルを選んでください』

俺が言い終わると同時、決闘場に機械音声が響き渡った。狙い通りのタイミングだ。もしかしたら霧谷が負けるかもしれない、そんな緊張感が会場に広がる。

「心理戦よ」

「……記憶」

そして、迷いのない二人の声がスピーカー越しに伝わってきた。

──今大会の準決勝では、選ばれるゲームはランダムじゃない。最初にそれぞれの選手が自分の得意なジャンルを指定でき、両方の要素を持ったゲームが選ばれる。

これこそ、西園寺にもチャンスがあると言える理由だ。

『心理・記憶に該当するゲームが選ばれました。ゲームは──神経衰弱ダウトです』

「神経衰弱ダウト？」

聞きなれないゲームに、観客からも戸惑いの声が聞こえた。

普段の決闘に使えるラインナップにもなかったものだ。

「選ばれたのは神経衰弱ダウト！　今大会からラインナップに加わるゲームや！」

小鳥遊《たかなし》がその戸惑いに大声で答える。

──ほほう、ここで新たなオリジナルゲームを持ってくるとは。

ゲームは機械によって選ばれているらしいが、なかなかわかってるじゃないか。

『神経衰弱ダウトのルールを説明いたします。スクリーンをご覧ください』

　すると、中央にある大型スクリーンの画面が切り替わり、テーブルとカードのイラストが現れた。ルールをわかりやすく動画で示してくれるようだ。

『このゲームではジョーカーを除き、一組五十二枚のトランプを用います。初めに、すべてのカードを裏返して場に伏せます。

　自分の手番ではカードを二枚めくり、数字が一致すればそれらのカードを獲得できます。カードを獲得し続ける限り自分の手番は続き、数字が一致しなければ相手に手番が渡ります。これを続け、先に二十六枚のカードを獲得した方が勝者となります』

　説明が続く。ここまではただの神経衰弱だが、問題はここから。

『二枚のカードをめくるときは相手に見せず、自分だけが見えるようにめくります。

　二枚の数字が異なっていた場合、二枚を場に戻しますが、その際相手にめくったカードそれぞれの記号・数字を伝えます。このとき、嘘の記号・数字を伝えても構いません』

　……なるほど、そういうことか。

『相手から伝えられた内容が嘘《うそ》だと思った場合、ダウトと宣言してそれらのカードをめくることで、その内容の真偽を確かめることができます。

　自分が嘘をついたときにダウトを宣言された場合、または自分がダウトと宣言したものの相手が嘘をついていなかった場合、ペナルティとなります。ゲーム内で五回目のペナルティを受けた瞬間、ゲームの進行に関係なく敗北となります。

ルールの説明は以上です。ゲームの準備を始めます』

横で待機していた運営スタッフが、ポケットからトランプケースを取り出した。二人に表が見えないよう注意しながら、バラバラな順でテーブルに並べていく。

——一見シンプルだが、奥が深いゲームだ。

神経衰弱をベースとしながらも、嘘という要素が上手《うま》く組み合わさっており、そこから生まれる戦略は多種多様。わかりやすいところで言えば、嘘を駆使して相手の行動を誘導するとか。これはまさに心理戦の要素である。

だが、このゲームの本質はそこじゃない。神経衰弱との何よりの違いは——情報量だ。

「解説の二人に聞こか！　ゲームが決まったわけやけど、ズバリどうなると思う？」

「愚問ですね。透様の能力があの雌豚を大きく上回っていることは周知の事実ですが、このゲームならなおさら、その実力差が明確に現れることでしょう」

「ほほう、それはなんでや？」

「このゲームでは嘘という要素により、ターンが進むほど情報量が爆発的に増えます。配置だけでなくお互いの発言まですべてを記憶して解釈し、一枚カードがめくられるごとに計算し直さなければ、最善の手は導き出せません」

淀《よど》みなく、つらつらと解説するソフィー。

さすがは元優勝候補と言うべきか、ゲームの本質を正しく見抜いている。

「そのすべてをこなそうとすれば、求められる記憶と演算の量は膨大。とても人間のなせる業《わざ》ではありませんが――透様ならば可能です♡」

ソフィーは恍惚《こうこつ》の目で霧谷を見つめながら、しかし確信をこめて言い切った。

「さすがはソフィーちゃんや、霧谷くんを知り尽くしてるで！」

その言葉に、小鳥遊も、そして観客たちも納得してしまっている。

――確かに、ソフィーの言っていることは正しい。

霧谷の記憶力・演算力は人間離れしており、そこで勝負になれば敵はいないだろう。

だが、そんなことになるのは――相手が西園寺じゃなかったらの話だ。

「おいおい、西園寺《さいおんじ》の心理戦も考慮に入れろよ」

「無駄なことです。心理戦など、感情を殺した透様には通用しませんよ」

俺がそう言ってみても、ソフィーは余裕の笑みを崩さない。

果たしてソフィーは――西園寺の実力をどこまで理解しているのだろうか。

『ゲームの準備が整いました』

解説が一段落したところで、カードが並べ終わった。西園寺は大きく息を吐く。

『神経衰弱ダウトを開始します。手番はランダムに決定されました。先攻、霧谷透』

ゲームが始まった。観客たちは静まり返り、熱のこもった視線を霧谷に注ぐ。だが、霧谷はいつも通りの半眼《はんがん》・無表情だ。

霧谷はゆっくりと手を伸ばし、離れた場所にある二枚のカードを静かに持つと、自分にだけ見えるように確認した。

いきなりペアとはいかなかったようで、元の位置に戻し、それぞれを指差す。

「こちらがハートのA、こちらが――」

「ダウト」

……ピシャリと、西園寺の鋭い声が響いた。

二枚目の情報を待つことなく、間髪入れずの指摘。観客たちがざわつく。

霧谷は表情を変えていないように見える。予想の範囲内だったのか、それとも。

「開きなさい」

西園寺は目を細め、高圧的な態度で霧谷に命令した。霧谷は静かに二枚をめくる。

現れたのは――ハートのQとクラブの3。ダウト成功だ。

「霧谷は初《しょ》っ端《ぱな》から大嘘、そして西園寺はそれを見破ったか」

「……これもきっと、透様に考えがあってのことですよ」

「じゃあそれを解説してくれよ。しかしまあ……」

そう言い淀《よど》んだまま、俺は西園寺に目を向ける。

西園寺は霧谷を真っすぐに見ている。その目は燃えるように赤く染まっていた。

「私には感情が視える。感情は、意識的に制御できない反応から滲《にじ》み出るものよ。持ち前のポーカーフェイスでごまかせる、なんて希望は今すぐ捨てなさい」

西園寺の口調と表情には、揺るぎない自信が満ち溢《あふ》れていた。

これこそ――今まで西園寺が積み重ねてきたもの。

「西園寺の心理戦、思いっきり通じてね？」

「……まさか。ただのハッタリですよ」

ソフィーは不愉快そうな表情で吐き捨てる。

――ソフィーの口ぶりから察するに、霧谷のポーカーフェイスは今まで通用してきたのだろう。少なくとも俺には、霧谷の感情なんて見えない。

ただし、西園寺の技術は――今まで霧谷が戦ってきた相手とは一線を画している。

このゲームで必要なのは、嘘かどうかの判断のみ。徹底的に霧谷を分析してきた西園寺にとっては、感情を読み取るよりもよほど簡単だろう。

このゲームの心理戦において――西園寺は霧谷を封殺できる。

「霧谷くんの嘘が通じへんとなったら、西園寺ちゃん大優勢や！　おもろなってきたで！」

小鳥遊が煽《あお》り、観客席にざわめきが広がる。みんな考えていることは同じだ。

――これは本当に、霧谷が負けるかもしれない、と。

『後攻、西園寺桃華《ももか》』

次は西園寺の手番だ。西園寺は並べられたカードをじっと見つめる。しばらくそうしていたが……一呼吸置き、フッと息を吐きだした。

西園寺はテーブルの隅にある一枚のカードを選び、数字を見る。

先ほど出たQや3ではなかったようで、すぐ隣のカードも確認した。西園寺は表情を殺したまま、二枚のカードを元の位置に戻す。

「一枚目はスペードの4、二枚目はハートの6――」

「ダウト」

会場が「おおっ」とどよめきで揺れた。西園寺と同じく、霧谷も間髪入れずのダウト。

燃えるように赤い西園寺の目とは対照的に、霧谷の目は青く、氷のように冷たい。

「感情が視えるのは自分だけ、などという希望は捨てることだ」

霧谷は珍しく、西園寺に向けて語りかけた。

威圧的な西園寺とは違って、涼しい、それでいて凄《すご》みを感じさせる声だった。

「……」

西園寺は険しい表情で押し黙ったまま、カードを表に向ける。

現れたのは、スペードの4とハートの7。6は嘘だった。

「すごいわ！　霧谷くんもすぐさまやり返して、これでペナルティも並んだで！」

「当然です。透《とおる》様はあらゆる能力において人類の頂点にいます。些細《ささい》な反応から感情を読み取ることも、あの雌豚にできるのならば、透様にできないはずがありません」

「ってことは、どっちも嘘はつかれへんってことか？　そんなんただの神経衰弱やん」

「……いえ、それでも有利なのは透様です」

素朴な感想を述べる小鳥遊に、ソフィーは自分に言い聞かせるように語る。

「いつ来るかわからない嘘を見抜くためには常に集中する必要があり、その中で配置も覚え続けなければなりません。完全記憶が可能な透様にとって、あの程度の記憶は造作もないことです。先にミスをするのは雌豚です」

「ってことは、西園寺ちゃんが最後まで集中力を切らさへんかったら……互角？」

「……」

「これはホンマにわからんくなってきたで！」

小鳥遊の煽りに同調し、会場の熱が上がってきた。ソフィーが顔をしかめる。

――とはいえ、ソフィーの言うことはもっともだと思う。

心理戦を打ち消し合ってただの神経衰弱になるなら、霧谷《きりや》が有利だ。そもそもすべての配置を覚えるのは簡単じゃないし、神経衰弱の最適戦略を西園寺は知らないだろう。

だが、俺の考えは違う。この状況はむしろ――西園寺が有利なんじゃないか？

そう考える根拠に、西園寺が語っていた言葉を記憶の奥底から引っ張り出す。

西園寺が俺の引っ越しを手伝ってくれた時、あいつはこう言っていた。私は心と体を切り離すことができる、それをやってるのは学園でも私くらいだ――と。

その言葉を信じるなら、西園寺の反応を読み取ることは霧谷にもできないはずである。そもそも、さっきの場面で霧谷がダウトするのは不自然なことではない。ペナルティにも五回の余裕があった。

霧谷は西園寺の感情を読んだわけじゃなく、発言はすべてブラフ。実際は、確率を演算し、嘘である可能性が高いと導き出しただけ……こんなところじゃないだろうか。

真相はゲームが進めば明らかになるだろう。少なくとも、あの場に立っている西園寺には真実がわかっているはずだ。

そんな西園寺は緊張からか、ギュッと拳を握っている。

——西園寺は今までずっと、霧谷を倒すことにこだわっていた。

数年来の悲願を達成する、最高のチャンスがやってきたのだ。

『先攻、霧谷透』

再び霧谷の手番。さすがに不安を覚えたのか、ソフィーも祈るように見つめている。

もちろん西園寺は、霧谷の一挙手一投足、いやそれより小さな動きさえ見逃すまいと、鋭い目で霧谷を見つめる。

そして、それぞれの思惑を含んだ、多くの視線に晒《さら》された霧谷は。

——じっとテーブルを見つめたまま、動かなくなった。

「なに？　負けるかもしれないと思って怖気《おじけ》づいた？」

その異変に西園寺が反応する。探るように煽るが、霧谷は見向きもしない。

そして少し経《た》ち、霧谷は大きく息を吐いた。それはまるでため息にも見えた。

「相対してみてよくわかった。君がこの三年間、何を積み重ねてきたのか」

「……何が言いたいの？」

「これ以上は無駄だ。君は――僕に届かない」

霧谷は迷いなく、目の前に置かれている一枚をめくる。そして、さっきめくったばかりのカードも続けてめくり、その二枚――ダイヤの3とクラブの3を西園寺に見せた。

「……最初のペアね」

ラッキーだが、それだけなら驚くほどのことではない。西園寺は動じず、真剣な表情のまま霧谷の動きを見つめる。

だが、その表情は。

「……何が起こってるの？」

――霧谷がそこから連続でQ、4、7とペアを揃えたころ、戸惑いに変わった。

そこから先は語るまでもない。霧谷は一切表情を変えず、淡々とカードを開き続けた。

西園寺に手番が回ってこないまま、テーブルから半分のカードが消えたところで――。

『勝者、霧谷透』

──無慈悲な機械音声が響いた。

「こ、これにて霧谷くんの勝利や！　さすがは優勝候補筆頭！　圧巻の勝利やで！」

小鳥遊《たかなし》は必死に盛り上げようとするが、戸惑いを隠せていない。観客席を満たすのもやはり歓声ではなく、戸惑うようなざわめきである。

──小鳥遊が気に入らない気持ちもわかる。このゲームが盛り上がったのは開始直後だけ。その後は理解できないままに霧谷が圧倒し、尻すぼみに終わってしまった。

俺ならこんな勝ち方はしないが、勝ち方を選べるのは強者の特権。これが霧谷なのだ。

「霧谷くんはどうやって勝ったんや!?　ソフィーちゃんならわかるか!?」

「うふふふふ、さすがは透様♡　心配するまでもありませんでした♡」

「あかん話にならへん……田中《たなか》くん、どうや？」

解説を放棄して霧谷をうっとりと見つめるソフィーを放置し、小鳥遊は俺に尋ねる。

俺は考え込むようにしながら、慎重に言葉を選んだ。

「俺じゃあるまいし、霧谷の様子を見ても、ただの豪運ってことはなさそうだ。仮にこれが不正やイカサマだとしたら、西園寺が指摘すれば勝ちになる。そうだよな？」

「せ、せやな。普通に考えたらありえへん勝ち方やし……」

「なら、見守るしかないだろうな」

二人の勝負に水を差すべきではない。今の俺に言えるのはこれだけだ。

「選手に話を聞いていくで！」

やがて防音フィルターが地面へと格納されると、小鳥遊が二人の方に駆け寄る。

こちらに歩いてきた霧谷に対し、すぐさま持っていたマイクを向けた。

「ズバリ聞くで！　今のゲーム、どうやって勝ったんや!?」

「……実力が違った、それだけだ」

相変わらず霧谷は答えない。それが当然であるというようにたたずむだけ。

そして霧谷の隣、つまり定位置に、解説席から降りたソフィーがついた。

「理解しようとすることすら無駄ですよ。見えている世界が違うのです」

「そ、そないか。じゃあ、西園寺《さいおんじ》ちゃん……は……」

小鳥遊が西園寺に目を移し……マイクを向けるのをやめた。

西園寺はテーブルから動けないでいた。うつむいて静かに拳を握る姿は、涙をこらえているようにも見える。不正だイカサマだと喚《わめ》かないのは、西園寺一族のプライドか。

しかしそれは、霧谷がどうやって勝ったかがわからなかったことを示してもいる。

――西園寺には悪いが、俺にとっては想定内だ。

「気を取り直して、決勝戦について説明するで！　解説席の田中くんも出てきぃ！」

小鳥遊に呼ばれ、俺は一階に降りた。促されるまま霧谷と並ぶ。

「今年の帝王タイムズ杯は一味違うで！　今回の決勝戦は、帝王タイムズ杯史上初めての試み……ズバリ、タッグ戦や！」

　小鳥遊がそう宣言すると、会場全体にざわめきが広がった。

　観客たちの疑問を代弁するように、俺は小鳥遊に尋ねる。

「タッグってことは、決勝は二人一組で戦うのか？」

「そうや！　内容は秘密やけど、二対二で戦うゲームを用意してんねん。霧谷くんと田中くんには、ともに戦う仲間を見つけてもらうで！　もちろんそっちも一年生限定で、決勝は相方が決まり次第の開催やから、できるだけ早く――」

「待つ必要などありませんよ」

　ソフィーが小鳥遊の声を遮った。

　そのまま横から霧谷の腕に抱きつき、大きな胸で挟み込む。何度見てもけしからん。

「透様のパートナーなど、私以外に務まるはずがありません」

「って言うとるけど、霧谷くんはソフィーちゃんでええか？」

「……勝手にしろ」

「あぁん透様ってば冷たい～♡　でもそこが素敵～♡」

　霧谷は短く答えた。そのそっけない態度にソフィーは恍惚《こうこつ》の表情を浮かべている。

「まあ予想してた通りやな。ってなわけで、田中くんも相方を選んでや！」

「おいおい、そんなの俺だって決まってるだろ」

その返事をするころにはもう、俺はテーブルに歩み寄っていた。

「なあ、西園寺」

声をかけると、うつむいていた西園寺が顔を上げる。

「……私でいいの？」

「相手は霧谷だぞ？　お前以外に誰がいるんだよ」

「でも、私は……」

「一回負けたからって終わりじゃないだろ。一緒に霧谷を倒そうぜ」

いつになく弱々しい西園寺の声を振り切り、俺は手を差し出した。

西園寺は目を伏せ、迷うようにしながらも、その手を取る。

――弱ったところにつけ込むようで悪いが、このポジションは西園寺以外にありえない。

「早くもメンバーが決まったわ！　これなら明日にでも開催できるで！」

「いいんじゃないか。だがその前に、賭けの条件を追加したい。いいな？」

「もちろん！　決闘やから交渉は自由やで！」

小鳥遊の答えを聞いて、俺は霧谷のもとに歩み寄った。その目をまっすぐに見つめる。

「ようやく戦うことになったな、霧谷」

霧谷は無表情で、ソフィーは訝《いぶか》しげに俺を見る。

「思えば俺たちって似てるよな。同じ日に転校してきて、次の日には二人ともメイドを連れてて、今はこうして一年生最強の座を争ってるわけだ」

「……それが？」

「簡単な話だ。この前は逃げられたが、今度こそどっちが上かをハッキリさせたい。そのためにも……俺は西園寺のすべてを、お前はソフィーのすべてを賭ける。どうだ？」

俺は満を持して、以前吹っ掛けようとしたのと同じ条件を持ちかける。

先に反応したのはソフィーだった。

「ふふふ、ナメられたものですね。私がいるなら勝てる、とでも思いましたか？」

「あ、バレた？　最大のチャンスだと思ったんだが」

「あまりに浅はかです。私は三年間、透様《とおる》のサポートを続けてきたのですよ？」

ソフィーは含みを持たせて笑う。

「もちろん私が賭けられることは構いません、透様が負けるはずありませんから。むしろ私のサポートにより、その勝利はより盤石なものとなるでしょう♡」

ソフィーは霧谷の後ろに立ち、胸を霧谷の肩に置いた。まるで首に押し付けるように。

なんだそのサンドイッチのレパートリー。羨ましくなんてないぞ、ちょっとしか。

「ま、お前ならそう言ってくれると思ったよ。霧谷もそれでいいか？」

「透様、あのしつこい雌豚を再び黙らせましょう♡」

ソフィーに懇願される霧谷は、じっと俺を見た。

俺の心の奥底までを見透かすような、冷たく鋭い目で。

「人の身を賭けた勝負を僕に挑む、か。それが君の覚悟なんだな」

「……そんな大げさなことじゃねえって」

霧谷《きりや》の言葉の意味はわかっていたが、俺はごまかした。

昨日交わした会話も裏社会のことも、今この場にいる観衆たちには関係がないのだ。

「……好きにすればいい。何があろうと僕が勝つ、それだけだ」

霧谷はゆっくりと目を閉じて言った。何はともあれ、これで賭けは成立だ。

「ここに来てとんでもない賭けが成立したわ！　おもろなってきたで！」

小鳥遊が盛り上げ、観客席からは歓声が上がる。

その盛り上がりを聞きながら、俺は笑みを抑えられないでいた。

——すべて、計画通りだ。

決勝はメインキャラ四人が勢揃《せいぞろ》い。まさしく最終決戦にふさわしい舞台だろう。

そして言うまでもなく、決勝がタッグ戦になったのも俺の仕込みである。

小鳥遊から帝王タイムズ杯の話を聞いた後、俺は小鳥遊に提案した。霧谷の強さは圧倒的で、このままだと決勝が盛り上がらないかもしれない。だからタッグ戦にすることで、霧谷が負けるかもしれないという状況を作ろう、と。

俺のアイデアに納得した小鳥遊が運営に働きかけ、こうしてタッグ戦が実現したわけだ。

――決勝を盛り上げるためには霧谷を最低限追い詰めなくてはいけないが、そう簡単にはいかない。逆に簡単に行き過ぎても、霧谷が弱く見えてしまうかもしれない。

となれば……タッグ戦で、ソフィーのせいでピンチになるという筋書きが一番良い。

仲間が作ってしまったピンチも乗り越える、それが主人公というものだろう。

そしてもちろん、西園寺を賭けの台に乗せることも忘れない。こうすることで、霧谷が俺の魔の手から西園寺を助ける構図になる。

ラスボスを倒し、バディとともに戦い、ヒロインを救う。まさしく主人公の働きだ。

――さあ、舞台は整った。

あとは筋書き通り、しっかりと物語を締めるだけだ。

「霧谷・ソフィーＶＳ田中・西園寺！　四大ルーキーによるタッグ戦は明日開催や！　新しいゲームも用意してるから、絶対見逃さんといてや！」

＊

準決勝が終わった直後。「反省会よ」と言う西園寺に連れられ、俺はモニタールームに来ていた。霧谷の決闘を分析するためにずっと使ってきた部屋だ。

大型モニターを前に、俺たちは並んでソファーに座る。

「……」

そして今モニターに映し出されているのが、準決勝の録画映像だ。

西園寺が何度も繰り返し再生しているのは、三ターン目、霧谷に手番が渡った前後。

いくつかあったカメラの映像を切り替えてまで、丁寧に見比べ……ため息をついた。

「相対すれば見抜けると思ってたけど……甘かったわ」

西園寺は一時停止ボタンを押し、動画を止める。

「透がどうやって勝ったのか、全然わからなかった。並べ方に規則性があった？　スタッフと内通してた？　どの可能性を考えてもしっくりこない。透はどうやって勝ったの？」

お手上げだとばかりに、西園寺は思いっきりソファーに背中を預ける。

――西園寺は今までの分析でも、霧谷の理解できない勝ち方を見てきた。

心理戦になれば戦える、そう思っていただろうが……。

あろうことか、大会本番で最悪の事態が起こってしまったわけだ。

「霧谷が強すぎた、で済ませようとはしないんだな」

「当然よ。そんなんじゃ明日もその先も、ずっと同じように負け続けるわ」

西園寺は虚空を見つめ、つぶやく。

――出会ったその日からわかっていたことだが、西園寺は努力家だ。今だって、霧谷のことを必死に理解し、そして追いつこうとしている。

霧谷がどう戦っているかを理解できれば、対策だってできる。至って正しい考え方だ。

ただ一つ問題があるとすれば——霧谷は、西園寺の理解できない範疇にいる。

「透の勝ち方、あんたはどう思う？」

「んなもん俺に聞いても仕方ないだろ」

「そうでもないわ。決闘の後、あんただけは冷静に見えたもの。何か心当たりとかない？」

そう指摘されてドキリとした。観察眼はさすがといったところか。

——本当なら、「さっぱりわからん」「霧谷の運が良かったんじゃねえの」などと言うべきなのだろう。それが俺の設定なのだから。だが……。

「思い当たることくらいならある。あくまで可能性の話だけどな」

もしかしたら霧谷は、俺がこのことを西園寺に話すのを望んでいないかもしれない。

そう思いながらも、ヒントをあげたくなった。

「ふぅん？　なんでもいいわよ、話してみなさい」

「あんな勝ち方、トランプの配置を全部把握してないとできないよな。だが、最初の手番では動かなかった。最初の二枚をめくった後で、配置がすべてわかったんじゃないか？」

「規則性を見つけたってこと？　でもそんなのあり得ないわ。よく交ざったトランプが使われると聞いてたもの」

「ああ、俺が剛田《ごうだ》と戦った時もそう言われたな。さすがに新品が使われたわけじゃない」

俺の時はそれが守られていたし、霧谷も最初はそう考えていただろう。

「だけどあの時、順番がわかっていたトランプが一つだけあるだろ」

「……どういうこと？」

「あのトランプはたぶん――俺と剛田のポーカーで使われたものだ」

「なっ……！」

西園寺《さいおんじ》が目を見開く。たぶんと言いつつ、俺は確信していた。

実際に俺はポーカー中、場に出てくるカードを次々と記憶し、カードの位置をすべて把握しきっていた。だからこそ大逆転勝利を演出できたわけだ。

そしてゲームが終わった後、しっかり順番を覚えたままでカードを片付け、スマホにメモまでしておいた。明日のゲームとかで使われれば、くらいに思っていたわけだが。

おかげで、霧谷が次々とカードを取って行った時、答え合わせすることができた。

あれは間違いなく――俺が使っていたトランプだった。

「俺の決闘を観戦してたら、カードの順番は追えたはずだろ？　霧谷なら」

「……ポーカーでは場に出てきたカードを全部覚えて、神経衰弱では並べられた順も覚えて、その二つを組み合わせれば、すべてのカードの配置がわかる……。信じられないけど、そうとしか考えられない。それくらいできちゃうんでしょうね、透なら」

西園寺はうつむきがちに言う。

——霧谷が「どうやって勝ったかわからない」と言われる理由はここにある。

人間離れした記憶力を持つ霧谷は、普通の人間なら無意識に見過ごすような情報も見落とさない。加えて、機械じみた演算力により、知覚した情報をすべて活用し、一％でも勝率を上げるための行動を選ぶ。

情報量による圧倒——それが霧谷の戦い方、勝ち方だ。

霧谷ほどの力がない者から見れば、できることが違いすぎて、その発想すら浮かびはしない。見えている世界が違う、というソフィーの評は言い得て妙だろう。

だから、西園寺がいくら分析しても——霧谷の考えにはたどり着けない。

「まあそう落ち込むなって。大事なのは、心理戦では負けてなかったことだろ」

霧谷との力の差を実感してうつむく西園寺に、俺は努めて明るく声をかけた。

「あの時霧谷がダウトできたのは、西園寺の感情を読んだからじゃなく、カードの配置を把握していたからだった。だから、心理戦の技術では負けてない。そうだろ？」

なぜ俺が柄にもなく、負けた理由を教えたのか。

西園寺が磨いてきた技術はまだ、霧谷に凌駕《りょうが》されてはいない。ならば、この先勝てるチャンスはきっとあるはず。そう伝えたかったのだ。

「それも違う、違うのよ」

「……え？」

しかし西園寺は、食い下がるように俺の言葉を否定した。

「確かに最初のターン、私は透の嘘《うそ》を見破ってダウトできた。そのターンが終わった時、透の表情には緊張と不安が走ってたわ。これがどういうことかわかる？」

「……最初の二枚を見てトランプの並びに気づいた、じゃなく？」

「透がゲームの勝利を確信したのは、三ターン目に入ってすぐ、動きを止めた時よ」

言われてみて思い出す。霧谷がじっとテーブルを見つめている時間があった。

つまり——並びがわかったからこそのダウトではなかった。

「その前の私のターン、透がダウトと言った時も、同じくらいの確信があったの。私が嘘をついているという確信。ペナルティ覚悟の賭けなんかじゃ断じてなかった」

悔しさの滲《にじ》んだ声色で、西園寺の言葉が加速する。

「私は自分の体を制御して、嘘をついていないように振る舞ったつもりだった。それでも、透は私の感情を正確に読んだ。透の言う通り、私にできることは透にもできる。むしろ私にすらできない、私以上の技術があるんだわ」

……かける言葉が見つからなかった。

西園寺が一芸として磨き続けてきた心理戦ですら、霧谷は西園寺を上回っているのか。

にわかには信じられないが、西園寺が言うのならそうなんだろう。そう思えてしまう程度には、俺は西園寺の心理戦技術を信用していた。

うつむいていた西園寺は、虚《うつ》ろな目のまま顔を上げる。

「……ソフィーはね、私の代わりなの」

「代わり？」

「透《とおる》が中学から海を渡ること、そのパートナーが必要なことは、ずっと昔からわかってたわ。本当なら、私がアメリカに行って透をサポートするはずだったのよ」

　俺が何も声をかけられないうちに、西園寺はポツポツと話し始める。

「遠い昔、私たちは何度もゲームをしたわ。最初は私が勝ち越してたし、仲が良かったのもあって、霧谷家からも透のパートナーにふさわしいと思われてた」

　それは、今まで俺が聞くべきでないと思っていた——霧谷と西園寺の過去だった。

「だけど……ある時から透がいきなり強くなって、全然勝てなくなった。才能が違ったの。パートナーが別の人になったっていうのは後から知らされて……認めるしかなかったわ、私じゃ透のパートナーにふさわしくないもの。だから——強くなろうと決めた」

「……」

「透が高校からこの学園に入るのは聞いてた。それまでに、透と肩を並べられるくらいになろうってね。才能がない私でも、心理戦は、泥臭い勉強と訓練で身に付く技術だった」

　そこまで言って、息を大きく吐く。

「今なら少しは透と同じ景色を見れるんじゃないかって期待してた。……けど、やっぱり格が違ったのね。今日の戦いだって、私はそんな勝ち方を考えもしなかったし、できるようになるとも思えない。ずっと磨いてきたはずの心理戦すら、透の方が上だった」

西園寺の目に映るのは——無力感だった。

「透の言ってた通りよ。私じゃ、透には届かない」

西園寺は最後にそう締め、重い沈黙が場を包む。

——いつも強気な西園寺が初めて見せた、弱気で、すべてを諦めるかのような目。

ここにきて良い幼馴染《おさななじみ》属性を発揮してきた西園寺に対し、俺はラスボスとして、どんな言葉をかければいいのだろう……なんてメタ的な思考が及ぶ、その前に。

「らしくないいな」

気づけばそんな言葉が、口をついて出ていた。やっと西園寺は俺を見る。

「才能とか俺にはよくわかんねえけどさ。壁にぶつかっても挫《くじ》けず、目標に向かって努力し続けて、実際にめちゃくちゃ強くなった。それってすごいことだと思うぞ」

諦めてほしくない、その一心で出た言葉だった。

西園寺は心理戦の天才と持てはやされているが、決して最初から才能があったわけじゃない。自分の武器にするため、不断の努力で培った技術だ。

そんな姿が少しだけ——昔の俺と重なった。

「……そんなこと言われたのは初めててよ」

西園寺は目を見開きながら、パチパチと目を瞬かせる。

「そりゃあお前が、今までのことを誰にも言ってなかったからだろ」

「そうね……なんであんたに言っちゃったんだろ」

「ま、それはともかくだ」

俺は西園寺にニヤリと笑いかける。

「いくら霧谷《きりや》が強いからって、たった一度の敗北で諦める必要はない。しつこく分析を重ね、霧谷を隅々まで理解して、最後には倒す。そう考えるのがお前だろ？　それに……」

俺はゆっくりと右手を差し出した。

「明日は俺もいるしな。一人で戦う必要なんてないさ」

西園寺が目を見開き、俺の手のひらをじっと見つめる。

それからゆっくりと、戸惑うようにしながらも俺の手を取り……。

「……そうね、そうよ」

初めて、笑った。

いつもの傲慢な笑顔でも、貴族らしく振る舞う強がった笑顔でもない。心からの笑顔。

「今の私じゃ透には勝てない。でも、あんたとならわからない。そういうことよね？」

「任せろ。俺の豪運が火を噴くぜ」

「そこは実力で勝つって言いなさいよ」

「だから同じ土俵で戦っちゃダメだろ。安心しろ、俺は運だけは良いから」

「あんたそれ気に入りすぎじゃない？」

目を細めての微笑、西園寺のこんな砕けた顔は見覚えがない。今まで気を張り詰めていたお嬢様が初めて心を許してくれた、そんな気がした。

だからこそ——俺はふと冷静さを取り戻し、西園寺の手を離した。

西園寺と目を合わせていられなくなり、俺は座り直す。

——バカか俺は。いったい何をやってるんだ。

なぜ西園寺に手を差し伸べた？　なぜ希望を見せた？　こんなことをして何になる？

考えれば考えるほど、心臓のあたりがギュッと締め付けられる。

明日、いくら霧谷相手に肉薄するとしても——俺たちが勝つ筋書きなんてないのに。

「……つまり今は、あんたと私がパートナーってことよね？」

「ああ？」

そんな俺の葛藤を知ってか知らずか、西園寺は俺を真剣に見つめたまま立ち上がった。

そうして目を合わせたまま、ソファーに座っている俺の前に立つ。

「な、なんだよ？」

上から見つめてくるその表情は、これまた今までに見たことのないものだった。

頬を染め、少し潤んだような、熱っぽい視線を俺に向ける。

「……あんたの想《おも》い、確かめさせて」

西園寺はそうつぶやき、コクンと小さく喉を鳴らす。

突然の事態に俺は一瞬フリーズし……一秒後、冷静になった。

――まずい、まずいまずいまずい！

また深入りしすぎた！　余計なラブコメフラグを立ててしまった！

そもそもその位置は俺じゃなくて霧谷……いや、それはもう違うんだっけ？

だったら何の問題も……いやいやいや、とにかくきっとまずい！

「あんた――」

西園寺は腰をかがめ、俺の両足の間に膝を入れて身を乗り出し、俺の顎を指で持ち上げた。ふんわりと良い香りが鼻腔《びこう》をくすぐる。

――心臓が高鳴り、緊張で俺も目を離せない中。

西園寺は俺の目を覗《のぞ》き込み――小さく口を開いた。

「透に勝とうとしてないでしょ」

「――っ！」

全身に寒気が走り、ぞわりと鳥肌が立った。

目の前まで迫った西園寺《さいおんじ》の表情に、さっきまで感じたような甘さは一切ない。

その目に浮かぶのは、すべてを見通すような——赤い瞳だ。

「私はこの二週間、ずっとあんたのことを見てきたわ。あんたが示す感情のシグナルも、全部頭に入ってる」

感情の乱高下で、心臓がバクバクと鳴る。この距離じゃ目を逸《そ》らすこともできない。

「あんたの表情、瞳孔、呼吸……すべて見えてるわ。嘘をつけるなんて思わないことね」

こんな状態で、西園寺を相手に反応を隠しきれるわけがない。そう確信できた。

——嘘をつかずに乗り切るしかない。

「いやいや、負けようとする理由がないだろ?」

俺はカラカラに渇いた喉から、努めて軽い調子で言葉を絞り出した。

学園に来てすぐ、最初に西園寺に勝った時を思い出す。その時と同じ言い訳だ。

「確かに、西園寺の心理戦が通用しなかったって話を聞いて、ちょっと自信がなくなったのは事実だけどさ。お前が読み取ったのはそういう感情じゃないか?」

「……そうかもね」

西園寺はそうつぶやき、緊張していた空気が少しだけ緩む。

出まかせの弁解とはいえ、なんとか筋は通せたはずだが……。

「じゃあ、もう一つだけ聞かせて」

西園寺は再び赤い光を瞳に宿す。体が強張《こわば》った。

「あ、あ、あんたの強さ、な、なんで私に隠すの？」

——ホント心臓に悪いなこれ。寿命が縮む感じがする。

「全部運？　そんなわけないでしょ。いつかあんたを倒すために、ずっとあんたを観察してた。だけど、どうやって勝ち続けてるのかさっぱりわからない。……透と同じでね」

「それは……」

西園寺は黙って俺を見つめ、俺の言葉を待っている。

西園寺の感覚は正しい。誰にも想像が及ばないような技術により勝利している、その点は俺も霧谷も同じだ。

だがもちろん、その事実を表に出せなかった理由がある。もし明かしてしまえば「なぜ運だけのフリをするのか」の説明責任も生じてしまうだろう。

——もう、すべて話してしまってもいいんじゃないか？

俺が最初、西園寺に負けようとしたことも。この学園を演出しようとしていることも。決して表舞台には出してこなかった、俺の目的。

それでも、西園寺になら——。

「……何回も言ってるだろ。俺、運だけは良いんだよ」

俺はまた、ヘラヘラとした笑みを浮かべながら言った。

――これだけは言えない。言ってはならない。

この期《ご》に及んで、理解してもらえるはずがないのだ。

「……そう」

西園寺は目を伏せると、俺の顎から手を離し、立ち上がった。

そして俺に背を向け、ポツポツとつぶやく。

「アメリカに渡る前、透に聞いたことがあるのよ、どうやって勝ってるのかって」

「……それで？」

「やっぱり透も、何も教えてくれなかった。今のあ、ん、た、み、た、い、に、ね」

西園寺は振り返り、再び俺を見据える。

「私には何もわからないわ。あんたがなんで勝てるのか、あんたが何を企《たくら》んでるのか。何が本当で、何が嘘《うそ》なのか」

それから、寂しそうに問いかけてくる。

「私にはあんたが信じられない。あんたにとって私は何なの？」

「そりゃあ、ともに決勝を戦う仲間で――」

「隠し事なんかせず、お互いを信頼しながら協力して戦う、それが仲間じゃないの？」

そう静かに問い詰められ——何と言えばいいかわからなかった。

永遠にも思えるような緊張が、数秒間続いた後……。

「……もういいわよ！」

「お、おい！」

西園寺は赤いドレスをはためかせ、暴れるように部屋から出て行った。

怒りとも寂しさともとれないその表情が、俺の脳裏に強く焼き付いた。

＊

……しばらくソファーにもたれかかり、呆然《ぼうぜん》としていた。

西園寺の表情が、声が、フラッシュバックする。

——俺がこの学園で劇的な物語を演出し、その演出は誰にも悟られないまま、みんなが心から楽しんでくれる。なんとか修正を繰り返し、そんな筋書きを目指してきたが……。

こうして今、俺は西園寺を傷つけてしまった。

——俺はどこで間違えたのだろう。

最初に西園寺を倒してしまったこと？　役割をラスボスに変更したこと？

それとも——ついさっき、西園寺に手を差し伸べてしまったこと？

「……このままじゃダメだ」

考えがまとまらないまま、俺は自分を奮い立たせるようにつぶやく。

こんな状態で明日に臨めるわけがない。フィナーレを飾れるわけがない。

西園寺ともう一度話さなければ。そう結論し、俺は部屋を出て――。

「ウジ虫なりに身の程をわきまえましたか？」

「うおっ!?」

部屋を出てすぐ、待ち構えるようにソフィーが立っていた。

珍しく、霧谷は一緒にいないようだ。

「盗み聞きの偵察か？　趣味が悪いぞ」

「ご安心を。学園の防音性能は完璧、音は一切漏れていません。それ以前に、透様《とおるさま》があなたたちに負ける可能性など微塵《みじん》もありませんが」

「じゃあ何しに来たんだよ」

「端的に言えば、あなたに釘《くぎ》を刺しに来ました」

ソフィーは俺を再びモニタールームへと押し戻すと、鍵を閉めた。

話は他人に聞こえないところで、ということらしい。

「今までの戦いを見れば明らかでしょう。透様はいわば人類の頂点、絶対の存在。あなたのような運だけの劣等生物が勝てる相手ではありません」

「……そんなのやってみなきゃわかんねえだろ」

「対戦すればすぐに思い知りますよ。私が心配しているのは、敗北を確信し自暴自棄になったあなたが、透様の秘密を暴露することです。もしそんなことをすれば……」

「……すれば?」

「その口が言葉を紡ぎ切る前に、あなたの首と胴を切り離します」

「シンプルに脅すな」

まったく冗談には聞こえなかった。その覚悟を示すように、ソフィーは腰からナイフを取り出す。学園に持ち込んでいいものなんだろうか、それ。

「本当なら、今すぐにでも実行したいところなのですがね。残念ながら透様はそれを望んでおりません」

「それが普通の感覚だ。つーかそんなことしたらお前が捕まるぞ」

「構いません。それが透様の幸せのためならば」

そう言い切るソフィーには、なんの躊躇《ためら》いも感じられなかった。初めて会った時からソフィーが見せ続けてきた、霧谷《きりや》への絶対的な忠誠。

ふと、西園寺から聞いた話が頭に浮かんだ。

「なあ、なんでお前は霧谷のためにそこまでできるんだ?」

そう尋ねると、ソフィーは一瞬怪訝《けげん》な表情を浮かべる。

しかしすぐに、フッと勝ち誇ったような笑みを見せた。

「一生愛を知らずに死んでいく凡夫には眩《まぶ》しいですか？　私たちの美しい主従愛が」

「決めつけんじゃねぇ。……西園寺から聞いたんだよ、霧谷のパートナーになるはずだったけど、お前が突然現れたって。何でお前が選ばれたんだろうと思ってな」

「ふむ……あの雌豚は、透様の幼馴染《おさななじみ》でしたか」

ソフィーは心底嫌そうな顔で吐き捨てる。敵だからか、それとも霧谷と幼馴染だからか、ソフィーは男だけじゃなく西園寺にも当たりがきつい。

「ですが、私が透様に捧《ささ》げる忠誠は、単なる友情や主従の枠に囚《とら》われないものです。私たちの出会いを知れば、私の言葉が疑いようもない真実だと理解できますよ」

ソフィーはやはり自慢げに語り始めた。霧谷と出会うまでの過去を。

「私は透様に救われた……などとおこがましいことは言いません。私という存在は、透様が勝ち取ったものなのです」

「……勝ち取った？」

「私には戸籍がありません。物心がついたころには、私はすでに商品でした。純正ロシア人美少女、発育は極めて良好。そういう商品です」

ソフィーは淡々と、遠い目をしながら話す。

「裏社会では人身売買が少なからずありましたが、中でも私は目玉商品でした。小学生の年齢でグラビアアイドル級の身体《からだ》を持つロシア人美少女がいる、と。まあ戸籍がないのですから、その年齢が正しいかも怪しいものですがね」

「……」

「私は常々、男たちの穢《けが》らわしい視線に晒《さら》されながら生きてきました。投資商品として購入し、大事に育ててから高く売るか、それとも自分で食ってしまうか。そんな目です。商品価値を高めるため、男を悦《よろこ》ばせる術《すべ》も徹底的に叩《たた》き込まれました」

想像を絶する過去に、俺は何も言えなかった。

ソフィーが男を極端に嫌っているのも、こういう過去があったからなのだろう。

「そんなある日のことです。私を買った高齢の資産家が、大規模なゲームの大会を開きました。参加費は高額でしたが、優勝賞品は私。腕利きのプレイヤーが数多く参加する中、優勝したのが……」

「霧谷だったってわけか」

「ええ。透様は当時小学生。あとから聞いた話ですが、それが裏社会での初めてのゲーム、つまりデビュー戦だったそうです」

霧谷は言っていた。裏社会では、人の命さえも賭けたゲームがあると。

裏社会に足を踏み入れた第一歩から、霧谷はそんなゲームを戦っていたのだ。

「大人たちに交じっての戦いでしたが、それでも透様は圧倒的でした。追いすがることすら許さず、冷静に、冷徹に勝利を手にしていく小さな巨人……自分が優勝賞品になっていることも忘れ、その姿に目を奪われました」

ソフィーが言うような光景は容易に想像ができた。

「しかし、久方ぶりに楽しいと感じた時間もすぐに終わります。私は透様の所有物となり、当主様……透様のお父様は、私のことを好きにしていいと透様に言いました。売るなり躾《しつ》けるなり愛玩具にするなり、好きにしろと」

「……」

「すると透様は、私に言ったのです。『観戦中の君の目を見ればわかる。君にはゲームの才能がある。プレイヤー側に来ないか』と」

「……霧谷から直々のスカウト、か」

「初めてだったのです。そんなことを言ってくれる人は。女としての身体以外に、私に価値を見出してくれる人は」

うっとりとした目で、緩んだ頬に手を当てるソフィー。

出会ってから初めて、今この瞬間だけは――ソフィーが純真な少女のように見えた。

だがすぐに、ソフィーは緩んだ表情を戻す。

「その後、私は霧谷家の屋敷に保護されました。そしてその日の夜、さっそく私は透様の寝室に夜這いしたのです」

「なんでだよ」

今のはそういう流れじゃなかっただろ。

「男を悦ばせることこそ私の存在意義。買い手たちによって大切に守られてきた初めてを捧げるのはこの方しかいない、そう思いました」

「小学生の発想じゃないな……」

「そういう生き方しか知らなかったのですよ。ですが、布団に潜り込んだところ……」

ソフィーは迫真の表情で俺を見た。

「ついていなかったんです」

「……うん」

何が、とは聞かなかった。

「初めてを捧げられなかったことに絶望しましたが、それだけではありません。感情的で幼く、ゲームの腕は凡人そのもの。そんな別人格をハンデとして持ちながら透様は戦っていたなんて……あんな人格、今すぐにでも消えてしまえばいいのに」

「あっちが元々の人格なんだけどな……」

「ともあれ、図らずも私は、透様の秘密を知ってしまいました。殺処分されてもやむを得ない状況でしたが、透様はなんと私をパートナーに指名してくださいました。もとより忠誠を誓っていた私は透様の幸せのために尽くし、今に至ります」

ソフィーが霧谷の秘密を知ってしまった。

そういう事情も、パートナー選びに大きな影響を与えたのかもしれない。

「透様がいなければ、私は今頃、穢らわしい豚どもの慰み者になっていたことでしょう。だから私は透様のために生きます。透様のためなら、あなたを始末することなど造作もありません。たとえ私がどうなろうとも、透様を守れるなら」

大口を叩いているわけではない、そう感じた。

こいつは霧谷のためなら本当になんでもやるだろう。

「これでわかったでしょう。透様のパートナーは私だけ、透様を理解しているのは私だけでいいのです。あなたたちが入り込む隙はないのですよ、透様につきまとうウジ虫が」

「別に入り込もうとしてたわけじゃないが……よくわかったよ」

ソフィーの霧谷に対する愛は絶対だ。

——だけど。話を聞いて、一つだけ気になることがあった。

「一つ聞きたい。霧谷の幸せのために生きる、そう言ったよな？」

「ええ。それが今の私の存在意義ですから」

「なら……今の霧谷は幸せなのか？」

俺の問いかけに、ソフィーは「わかっていませんね」と言いながら目を細めた。

「勝利こそがすべて、それが霧谷家の教育方針です。特に長男たる透様が万が一にも敗北するようなことがあれば……当主様が何をするかわかりません」

霧谷家のことはよく知らないが、その言葉は呑《の》み込まざるを得なかった。

性別を変えて生活させるような親だ。何をするかわかったもんじゃない。

「今のように勝利を積み重ねる。それこそが透様の幸せです。敗北も、あの人格が表に出ることも、すべて透様が不幸になるだけです。そんなことが起こらないよう、私は透様をサポートしてきましたし、これからもそうです」

ソフィーはそこまで言うと、もう話は済んだとばかりに部屋を出ようとした。

立ち去ろうとするソフィーに、俺は後ろから声をかける。

「これが本当に最後だ。西園寺《さいおんじ》はどっちへ行った？」

「追いかける必要もないでしょう。どうせ結果は変わらないのですから」

振り返ることもなく、ソフィーは去っていった。


——俺は西園寺を探すこともなく、西園寺の、そしてソフィーの言葉を反芻《はんすう》していた。

そうだ、何も間違っちゃいない。すべて筋書き通りじゃないか。

俺が西園寺に嫌われて、それでも俺が西園寺を支配していて、そんな俺を霧谷が倒し、西園寺が救われる。

悪が討たれ、物語はすべて丸く収まり、みんなが幸せになる。そのはずだろう。

そのはず、なのに……。

言い表しようのない違和感が、胸にこびりついて離れない。

「……どうしろって言うんだよ」

この感情は何なのか、なぜ俺はこんな感情を抱いているのか。

その答えさえ見つからないまま、俺は自分の寮に戻った。

第四章　主人公はラスボスに勝利し、ヒロインを救う

Who will win the game?

小学四年生、俺がまだ伊達《だて》メガネをかけていなかった頃。某大乱闘ゲームの新作が発売され、小学校で瞬く間にブームとなった。

ソフトを持っている人はたくさんいて、もちろん俺もやり込んだ。友達の家でやっただけの人も含めれば、競技人口はクラスの半分に上っていたと思う。

そんな大流行の熱はしばらく続き……誰からともなく、こんなことを言い出した。

「一番強い代表生徒同士で戦って、どのクラスが最強か決めようぜ！」

クラス対抗戦という発想は、小学四年生たちにとって心躍るものだった。俺たちプレイヤーはもちろん、ゲームをやったことがない生徒さえも、その企画に賛同した。

そして俺は実力通り順当に、四年一組の代表生徒となった。

親父《おやじ》にも協力してもらい、厳しい特訓を重ねて迎えた——決戦の日。

「みんな集まったな！」

学年の中心人物的な男子が、部屋を見回して言う。

放課後のコンピューター室には、大勢の四年生たちが集まっていた。

教壇の上に教室備え付けの大型ディスプレイが置かれ、ゲーム画面が開かれている。

――先生に見つからないよう、校内でこっそりゲーム大会を開く。

子供たちを興奮させるシチュエーションとしては十分すぎた。

「ルールはシンプル。四人対戦を繰り返して、一番先に一位を三回取った人が勝ちだ！

それじゃ、代表生徒のみんなは順番に座ってくれ！」

俺は立ち上がり、用意されていた席に座った。すると……。

「田中《たなか》くんだよね、よろしくね」

女の子に名前を呼ばれ、俺は顔を上げる。そこにいたのは可愛《かわい》らしい女の子だった。

ゲーム以外に興味がなかった当時の俺でも、人気のある子だと知っていた。

「噂《うわさ》は聞いてるよ。すっごく強いんだってね。楽しみだなぁ」

「……別に、それほどでもないけど」

「またまたぁ。今日はお手柔らかにお願いします」

女の子は冗談っぽく言いながら微笑《ほほえ》み、俺の隣に座る。二組代表の生徒らしい。

「頑張れよー」「男の子なんて倒しちゃえー！」

そして女の子は、男女やクラスを問わず、多くの声援を受けていた。

だが、そんな声援は気にならなかった。俺は練習通り、精神を研ぎ澄ませる。

それから全員が使用キャラを選択して、準備は整い――。

俺は、人生最高の集中力で決戦に挑んだ。

——終わってみれば、結果は俺の圧勝だった。

一戦目、俺は他の三人との戦いを避けながら立ち回り、ノーダメージで勝利した。

二戦目、みんながそれに気づいて俺を狙ってきたが、やはりノーダメージで勝利。

三戦目、もはや他の三人は協力して俺だけを集中攻撃してきた。それでも結果は同じ。

俺は三戦を通じて、一度たりともダメージを受けることなく勝利したのだった。

「……ふぅ」

最後の一人を吹き飛ばした瞬間、俺は大きく息を吐いた。

——俺はこの日のため、親父とともに厳しい特訓を積んできた。

フレーム表の暗記、当たり判定の把握、複雑なコンボの習得、個人個人の戦闘スタイルの分析。そして、三キャラ同時操作でもどんな同級生より強い、親父との対戦。

ここまで完封できるとはさすがに予想していなかったが、特訓の成果をすべて発揮したからこその勝利だと、自信を持って言えた。

……胸にこみ上げるのは、達成感と高揚感。

それらを共に分かち合おうと、俺は笑顔でクラスメイトへと体を向け……。

「やったぞみん——あれ？」

そこで初めて、部屋全体を覆う暗い雰囲気に気づいた。

他のクラスはもちろん、俺のゲーム友達たちまでも気まずそうな表情を浮かべている。

そして、次の瞬間。

「……うわあぁぁぁぁぁん！」

隣で戦っていた女の子が、突然大声で泣き出した。

可愛らしい顔にボロボロと流れる大粒の涙。どう反応していいかわからなかった。

「お、おい。大丈夫か？」

司会役だった男子がその子に駆け寄り、肩を持って慰めた。

二組の生徒たちがそれに続く。他のクラスの人たちも、同情の目を向けていた。

「あそこまでしなくてもいいのに……」「田中が泣かせたんだ！」「謝れー！」

悪意のないつぶやきが、あるいは怒りを込めた視線が、俺を責め立てる。仲間だったはずのクラスメイトやゲーム友達たちも同じだった。

——俺はただ、みんなが喜ぶ顔が見たくて、一生懸命練習して、本気で戦って。

だけど俺の味方なんて、い、い、誰も——。

「……っ！」

俺はガバッと勢いよく体を起こした。やけに冴《さ》えた目で周りを見回す。

——寮の自室、ベッドの上。出始めの朝日が部屋に差している。

汗がぐっしょりと全身にへばりついていた。思わず顔をしかめる。

「……ったく、何年前の話だよ」

俺は小さくつぶやくと、机に置いていたメガネをかけ、心を落ち着かせた。

演出に慣れ、もはや失敗することもなくなってから、久しく見ていなかった夢だ。

……あの日、騒ぎ立てた俺たちは結局先生に見つかり、雰囲気はいっそう悪くなった。

その後、一人で家に帰った時の感情を、昨日のことのように思い出せる。

ただただ押し寄せたのは後悔だ。なぜあんなことをしてしまったのか、と。

――あの時、俺がすべきことは何だった？　みんなが望んでいたことは何だった？

そんな考えが堂々巡りし、感情がぐちゃぐちゃなまま家に帰ったが……帰ってすぐ、仕事の事情で転校すると親父から知らされ、話はうやむやになった。

正直あれは助かった。

今思えば相談もなしに転校するのはどうかと思うし、そもそもその仕事がなんだったのかすらわからないし、そんなところもすべて今の親父は変わっていないわけだが。

そして、俺は転校した。

あの失敗を心に刻みつけるため、モブの象徴として伊達メガネを調達した俺は――演出家に徹するようになったのだ。

……なぜ今になって、この夢を見たのだろうか。いや、考えるまでもない。

痛々しい西園寺の表情が、あの女の子の涙と重なって見えたのだ。

だからと言って、俺にはどうすることもできない。「勝ち続けたい」という霧谷《きりや》の願い、「霧谷に勝ちたい」という西園寺の願い、二つを同時に叶えることはできない。

誰も悲しませない、全員が幸せな展開なんて——俺には実現できない。

「……くそっ！」

そんな単純な事実を認めたくなくて、俺は頭をガシガシと掻《か》きむしる。

——そうだ。どちらも悲しまない展開なんて、最初から存在しなかった。

勝者がいれば敗者がいる。西園寺の悲しみも、仕方のないことだったのだ。

だから——俺はまだ失敗していない。

昨日の出来事だって、すべてはカメラに映らない舞台裏だ。観客たちは何も知らず、まだ物語は俺の筋書き通りに進んでいる。

——俺の手で帝王学園を熱狂させる。観客たちを楽しませる。

そのために、勝つべき人物がいる。だから、俺がやるべきことは何も変わらない。

俺は今日、霧谷と熱戦を繰り広げ——負けるのだ。

＊

決勝戦開始直前。控室に到着した俺は、その扉を恐る恐る開いた。

「……まだ来てない、か」

教室一個分はある広い控室には誰もおらず、寂しい風景が広がっていた。

昨日あんな形で別れてから、西園寺《さいおんじ》とは連絡を取っていない。何を話せばいいかわからなかった。こうしてギリギリまで来ないあたり、西園寺も同じ考えなのだろう。

だが、もう修復する必要もない。俺が霧谷に敗れ、西園寺は無事に霧谷のもとへ渡る。

それできっと、俺と西園寺の関係は終わりなのだ。

——俺はソファーに腰を落ち着け、昨日考えたことをもう一度振り返る。

昨夜、運営から決勝戦の形式について連絡があった。決勝戦は二段構えで行うという。

一戦目は予告通りタッグ戦。そのゲームの成績に応じて二戦目にどんなゲームを行うかが決まり、二戦目は俺と霧谷の一騎打ち。それに勝った方が勝者となる、らしい。

せっかくの決勝戦だ、すぐには終わらせたくないということなのだろう。

——さて、この状況で俺が果たすべき役目は……などと考えていた、その時。

キィー、と扉が開く音がした。

俺は立ち上がり、昨日と同じく赤いドレスを着た西園寺を視界に入れる。

そして、目が合い、俺が口を開こうとした瞬間——。

「昨日はごめんなさい」

西園寺はそんな言葉とともに、頭を下げた。

腰までしっかり折った謝罪。いつもの傲慢さは一つもない。

「一方的にあんたを責めてたけど、私の方こそ、仲間に対する態度じゃなかったわ」

「……いやいや、大げさだって。こっちこそ悪かった」

「決勝に向けて、改めてお願いするわ」

西園寺は顔を上げると、俺に右手を差し出した。

「あんたがどう思ってるか知らないけど、私は本気で透《とおる》に勝つつもりよ。そのためにはあんたの力が必要なの。だから、力を貸してほしい」

「おう、もちろんだ」

俺は差し出された手を強く握る。だが、目を合わせることはできなかった。

――ああ、わかってる。これが表面的なやり取りだってことくらい。

どう考えても俺が悪いのに、西園寺が下手に出て収めてくれたのだ。

だが今は……それでも一緒に戦うしかない。

『さあ、決勝戦が始まるで！』

開始時刻になり、小鳥遊《たかなし》の声が響いた。部屋の大きなモニターに映像が映し出される。

『今年の帝王タイムズ杯は一味違うで！　過去最高の選手、過去最大の動員数！』

モニターには決闘場の様子が映し出されている。

昨日以上の観客が詰めかけ、会場はパンパン。小鳥遊の言葉も誇張ではなさそうだ。

『そしてお待ちかね、ゲーム内容を発表するで！　今年のゲームは大会に合わせて、過去最高の技術を導入！　アンダーの中でも最先端の技術を使った――ＶＲゲームや！』

『『『おおおおおおっっっっっっ！』』』

――ＶＲ、バーチャルリアリティー、仮想現実。

今までの帝王タイムズ杯では行われていなかった、まさに最先端のゲームだ。

『ゲームの説明は後や！　さっそく、選手にはＶＲ空間に入ってもらうで！』

小鳥遊の言葉を合図に部屋の扉が開き、男女一人ずつのスタッフが部屋に入ってきた。

二人とも台座を手で押しており、人が十人は入れそうな黒い箱がそれぞれ載っている。

スタッフはその大きな箱を控室の床に置くと、中に入るよう俺たちを促した。

「……なんだこれ」

箱の中は、全面に複雑な配線が入り乱れていた。箱そのものがコンピューターなのか。

そして一歩中に入ると、床一面が動き、自動で箱の中央に運ばれる。床はローラー式で、動いても元の場所に戻る仕組みのようだ。

それから言われるまま、俺は人型のボディスーツを身に着けた。全身が覆われるが、服にも素肌にもピッタリ密着していながら、何かを着ているような感覚はまったくない。

そして最後に、目から耳を囲むように覆う、見たこともない形のＶＲヘッドセットを装着する。すると視界が閉ざされ、やがて耳には声が届いた。

『どうや？　ウチらが用意した最新技術は』

「ってお前かよ。まあヘッドセットはかなり軽いな。つけてる感じがしない」

『びっくりするのはこっからやで……と、その前にアバター選択やな』

すると、目の前にゲーム画面が浮かび上がってきた。アバター選択画面だ。

いくつかの初期アバターも選べるようだが、美少女キャラや美少年キャラのアバターに並び、俺や西園寺、他にも何人かの生徒らしきデータが追加されている。

って、そのうちの一人は小鳥遊か。

『これ、今着てるそのボディスーツで計測してるんやで。すごない？』

「こりゃ画期的だな。さて、通常プレイなら見栄え的に美少女アバター一択だが……」

『なんならウチのアバターを使ってもええで！』

「使わねえよ自称美少女」

俺は普通に、自分のアバターを選択した。

もう男装キャラが一人いるんだよ。これ以上ややこしいのを増やしてどうする。

……などとはもちろん言えないわけだが。

『ウチが案内できるんはここまでや。すごいのはこっからやで！』

その言葉を最後に、小鳥遊からの声が途切れる。

画面が遷移すると同時、体を纏《まと》う感覚さえも変化していき——世界が一変した。

「……おお」

次の瞬間——俺はコテージの中にいた。

壁一面には暖かい色の木が見え、テーブルや丸椅子があり、暖炉がある。

試しにテーブルを触ってみても、指先に木の堅さや温度が伝わってきた。

——視界はもちろん、聴覚や嗅覚も、足裏や肌の感覚もまったく違和感がない。

ここは仮想現実。頭ではわかっているが……。

「これがアンダーの最新技術か……！」

「……すごいわね、これ」

やがて西園寺も現れた。腕を回す、机を触るなどして感覚を確かめている。

現実で動いているであろう体は、仮想現実にその動きが反映されていた。そして。

『今回行われるゲーム「リングス・アンド・バレッツ」のルールを説明します』

聞きなれた無機質な機械音声が聞こえた。部屋の隅にあるテレビの電源が入ったのだ。

『なお、ゲーム説明が終わるまで、コテージから出ることはできません。またお互いのチームは現在、それぞれマップの端と端にある別のコテージにいます』

画面の右半分に映っているのは、ゲームの俯瞰《ふかん》マップ。緑が多く、森や草原をイメージしたマップと思われる。

そして左に映っているのは、霧谷とソフィーがいるコテージを映した映像。あっちもいつも通り、スーツとメイド服だ。

『テーブルをご覧ください。本ゲームで使用するアイテムを紹介します』

「おおっ！」

テーブルを見た瞬間――ポリゴンが乱れた後、銃などのアイテムが突如出現した。

『本ゲームで使うアイテムは大別して、リングと武器です』

テーブルには五つのリングが置かれており、その一つを手に取ってみる。

指につけるサイズだが、幅は数センチあり、かなりゴツい。一本の指に二つつけるのは動きが制限されそうだ。

そして武器の方は、ピストルからマシンガン、スナイパーライフルまでよりどりみどりで、ピストルを携帯するためのガンホルスターもある。

銃の他にも小型ナイフやグレネード、ロケットランチャーまで用意されていた。

『本ゲームは与えられた武器と頭脳を駆使して、自分たちの持つリングを守り、相手のリングを奪うゲームです』

それからも機械音声による説明は続いた。

ゲームのルールをまとめると、次のようになる。

【勝利条件】
・本ゲームの試合時間は三十分である。
・ゲーム終了の瞬間、お互いのチームがいくつリングを持っているかに応じて、次の第二戦で行われるゲームの勝率が調整される。
・リングの数が十対〇でゲームが終わった場合、次のゲームは行われない。

【リング】
・ゲーム開始時、各チームには五つずつリングが配られる。
・自分たちのチームのリングは、二人のどちらかが常に身に着けておく必要がある。
・このとき、リングは服の外で、自分の肌に常に触れさせておく必要がある。
・肌身から離れたリングはロストし、ロスト状態となる。
・ロストして三十秒経《た》ったリングは、敵チームの選手の空いている指に移動する。
・誰がいくつのリングを持っているかは、メニューを開けば常に確認することができる。
・敵が身に着けているリングを攻撃することで、リングを奪うことができる。
・攻撃されたリングは、攻撃したプレイヤーの空いた指に移動する。

【武器】
・武器によって、リングだけでなく、プレイヤーを攻撃することもできる。
・プレイヤーは攻撃を受けても痛みはないが、攻撃を受けた部位が一時的に脱力する。脱力の秒数はダメージ量の蓄積に応じて決まる。ただし、脱力時間の上限は一分である。

『――ゲームの説明は以上です。五分間の作戦会議のあと、ゲームをスタートします』

音声案内が終わり、テレビの画面が消える。俺は西園寺と顔を見合わせた。

「ジャンルはＦＰＳ……ってよりはサバゲーに近いか？」

「体を動かすゲームは新鮮ね。ドレスを着てきたのは失敗だったかしら」

「銃撃戦ならそこまで気にならないだろ。目立つ分にはソフィーだってメイド服だし」

「まあ、今さらどうこう言っても仕方ないわね。それより考えましょう」

西園寺はそう言ってリングを手に取った。俺もそれに倣う。

「こんなに小《ち》っちゃいリングを奪うなんてできるの？」

「まずはどう持ち運ぶかだが……肌身離さずってことは、服のポケットはもちろん口の中なんかもダメ。安定して持ち運ぶには、指につけるか手で握るかの二択だろうな」

「でも、指につけてたら撃たれる危険性が上がるわよね。握ってたほうがいい？」

「いや、そう単純な話じゃない」

俺はリングの一つを左手で握ると、右手でピストルを手に取り――左腕を撃った。

パァンという発砲音に合わせ、西園寺《さいおんじ》が「ひぃっ！」と悲鳴を上げる。

「……何やってんのよ！　びっくりするじゃない！」

「すごいぞこれ、全然痛くないし……まったく力が入らない」

面白い感覚だ。脱力した左の手のひらは自然と開き、リングが床に落ちた。

「手でリングを握って守っても、前腕を撃たれれば脱力して手のひらが開き、ロストしてしまう危険性がある。一方で指につけていれば、直接撃たれる危険はあるが、周りを撃たれて脱力してもロストしない。一長一短だな」

「なるほど……」

「もうちょっと検証するか」

それから俺はピストルを使い、自分の体を隅々まで撃ってみた。

崩れ落ちる俺を、西園寺は「ちょ、ちょっと」と言いながら支えてくれる。優しいな。

「武器によって時間は違うだろうが、一発で脱力は五秒、三発で十五秒と加算式。リングを撃ち抜くのは難しいから、相手の動きを止めてから撃つのが本筋だろう。弱体化を狙って撃つとしたら、銃を握れなくなる腕か、動けなくなる足だな」

「よくやるわねあんた……」

「霧谷《きりや》相手に情報不足は命取りだろ。一発撃ってやろうか？」

「……そうね。お願いするわ、ちょっと撃ってみてくれる？」

西園寺は力強くそう言ったものの、やはり怖いのか、目をぎゅっとつぶっている。

お望み通り、俺はピストルを持ち――西園寺の豊満な胸を撃ち抜いた。

「って、どこ撃ってんのよ変態！」

「ちゃんと動けてるな。ヘッドショットも含め、筋肉以外は撃っても意味がなさそうだ」

「え……あ、そういう検証ね。もちろんわかってたわよ？」

「安心しろ、ちゃんと足も撃ってやる。面白い感覚だぞ」

「あ、ちょっと――」

冗談を一つ挟み空気が緩んだところで太ももに連射すると、やはりへたり込んだ。

足は筋肉が多いから数発なら耐えられるが、何発も撃ち込めばしばらくは動けない。

「あとはそれぞれの身体能力だろうな。俺の運動能力は……まあそこそこだ。西園寺はたぶん女子基準で並。向こう二人のことは知ってるか？」

「小学校の時の話だけど、運動はけっこう得意だったはずだし、進化してるかもね。ソフィーは全然知らないけど、たぶん私と同じくらいじゃない？」

「そんなところか。これぱっかりは対面してみないとわからんな」

「透《とおる》だってFPSならともかく、こういうゲームには慣れてないはず。ソフィーを庇《かば》いながらの戦いになるでしょうし、チャンスは十二分にあるわ。勝つわよ」

「おうよ」

俺は三つ、西園寺が二つのリングを指につけ、銃なども持てる分だけを携帯する。

『リングを身に着けてください。ゲームを開始します』

その言葉を合図に、俺はコテージの扉を開いた。

＊

「各個撃破されるのだけはまずいわ。離れすぎないでね」

「わかってるって」

少しだけ横に距離を取りながら、西園寺と並んで森の中を進んでいく。

メニューを開いて所持数を確認したところ、『霧谷透：五個』の表示。西園寺の言う通り、やはり本命の戦力は霧谷で、ソフィーの身体能力には不安があるのだろう。

俺は一人、先を見据えて考えを巡らせる。

——突然のサバゲーには驚いたが、このゲームはあくまで前哨戦《ぜんしょうせん》だ。

本番は次の頭脳バトルだと考えれば……このゲームで俺がやるべきことは一つ。

十個のうち八つほどのリングを確保してゲームを終え、霧谷を追い詰めるのだ。

そんな状況から次のゲームで霧谷が勝てば、帝王タイムズの見出しには「勝率二十％からの大逆転！」などという文字が躍ることになる。

勝率なんて数字が信用できるかは怪しいが、演出のためにピンチは欠かせないところ。

さて、そのためには交戦が必要だが……。

「前方に霧谷！　隠れろ！」

「……っ！」

俺は西園寺に合図をし、離れた木に隠れた。そこから目だけを出して霧谷を確認する。

霧谷はかなり遠くから、遠距離を狙えるスナイパーライフルを構えていた。俺はスナイパーライフルを持ってこなかったので、ここからじゃ霧谷を狙えない。

……とはいえ、スナイパーライフルは連射の利かない武器。この距離、この森じゃあ的確な射撃は難しいだろうし、有効打になるとは思えない。

いったい何を企《たくら》んでいる？

——と、その時。

「きゃあっ⁉」

突然悲鳴が上がり、西園寺に目を向ける。

西園寺を襲っていたのは——余裕の笑みを浮かべたソフィーだった。

「隙だらけですよ」

ソフィーは銃を持たず、両手にナイフを握って西園寺に切りかかっている。

その動きは俊敏で、合わせてソフィーの胸がゆっさゆっさと……じゃなくて。

「……完全な個別行動だと？」

予想していなかった事態に思わず眉をひそめる。

――すべてのリングを持っているのは霧谷で、ソフィーはリングをつけていない。だから、ソフィーは倒されても一切リスクがない――というわけではない。

なぜなら、このゲームにはリスポーンの仕様がないから。今ここでソフィーが俺にやられたとすれば、霧谷はそれを助けられない。

戦闘不能にして持っている武器をすべて取り上げ、足に弾を撃ち込みまくっておけば、もはやソフィーが戦力としてゲームに復帰するのは難しい。

一時的には得できたとしても、リスクが大きすぎる。戦略としては大悪手なはずだ。

「いただきました」

ソフィーは正確な攻撃で、西園寺のつけたリングを一閃《いっせん》する。西園寺は行動不能になり、二つのリングがソフィーの指に渡るのが見えた。

だが……すぐに奪い返してしまえば問題ない。

「もらった」

俺は両手でピストルを構え、それぞれ腕と足をめがけて連射した。

西園寺を切りつけるために体勢を崩しているのだ。避けることはできない。

これで確実に仕留められる——

「とでも思いましたか？」

「……は？」

俺の弾丸が——ソフィーのナイフによって弾かれた。

体勢を崩しながらも、自由に動かせる腕を使って弾丸を払ったのだ。

——通常のＦＰＳなら絶対にありえない動き。それを可能にしているのは……。

「なんつー反射神経してんだよお前！」

「豚が人間に勝てると思わないことです」

西園寺を仕留めたソフィーは、着実にこちらへと迫ってくる。

俺はピストルを連射するが、弾丸をナイフで弾《はじ》き、時にはその豊満な胸を使ってガードする。俊敏な動きに加えての正確な判断、迫ってくるのを止められない。

——接近戦になるとナイフが強すぎる。

そう直感した俺は、後ろ走りでソフィーから距離を取る。

西園寺が回復するまで耐えれば反撃態勢が整う、そう考えたが……。

「——っ！」

どこからか飛んできた弾丸が、俺の右手を貫いた。ソフィーに誘い出され、いつの間にか霧谷の射程圏内となる広いスペースに出ていたのだ。

脱力し、トリガーから指が離れること三秒。この隙を逃すソフィーではなかった。

「終わりです」

――死を感じた。

一気に踏み込んで加速したソフィーが、薄ら笑いを浮かべながら俺の指を切り裂く。

これが現実の戦闘なら、本物のナイフなら、俺は喉元をかき切られていただろう。

「止まりなさい！」

その時、ようやく西園寺が復活し、ソフィーを狙って銃撃した。今の攻防はほんの十数秒でのことだったのだ、とようやく脳が理解する。

だが、もう遅い。ソフィーは目的を完遂し、即座に俺たちから距離を取った。

「大丈夫!?」

「ああ、別に痛みはないし。だが……」

俺のもとに駆け寄ってきた西園寺に、俺は苦々しい声を返すしかなかった。

ソフィーは、こちらから撃ってもナイフで弾けるだけの距離を取り、俺たちを見ていた。

――奪ったリングをつけた五本の指を、俺たちに見せつけながら。

「すべて、透様の計算通りです。あなたたちが個別行動を想定しなかったことも、私と両手ナイフの強さを見誤っていたことも、すべて」

何もできなかった俺たちに、ソフィーは勝ち誇った笑みで語る。

「私たちは三年間、ともに戦ってきました。透様にできないことをするのが私の役目です。タッグ戦なら、などと考えたのでしょうが、己の浅はかさを理解しましたか？」

俺も西園寺《さいおんじ》も、返す言葉がなかった。

「次のゲームなど必要ありませんね。それではご機嫌よう」

「うおっ!?」

ソフィーが何かを地面に叩《たた》きつけると、煙幕が現れた。スモークグレネードだ。

そして煙が消えたころ、ソフィーは跡形もなく姿を消していた。

*

「……ごめんなさい。私が油断したせいで――」

「気にすんな、それより切り替えよう。まだ時間は十分ある」

ソフィーが去ってからすぐ、俺たちはコテージに戻っていた。

改めて武器を調達し、作戦を立てるためだ。

「何であの体であんなに動けるのよ……透に負けないくらいのバケモンじゃない……」

視線を落としながらつぶやく西園寺に、俺は何も言えなかった。

銃弾の速度と威力は、ナイフでギリギリ弾ける程度に抑えられている。この事実を見落としていたのは俺たちの落ち度だ。ＦＰＳと似た仕様だろうという先入観があった。

それでも……ソフィーがここまで動けるのはまったくの計算外だ。

運動能力、反射神経、状況判断、ナイフ捌《さば》き、どれをとっても一級品。頭脳ゲームにおける霧谷《きりや》と同列に語っていいチート性能だろう。

……結果論になるが、タッグ戦にしたのは失敗だったらしい。

弱点になればと思ったが、とんでもない。むしろ霧谷が霞《かす》むほどの秘密兵器だ。

「ソフィーをナメてたのは俺も同じだ。あれじゃあ霧谷を狙うしかない」

「……そうね。不幸中の幸いというか、透《とおる》の運動神経はそこまでないっぽいし」

「ああ。となれば、こっちから攻めるとなっても向こうの戦術は同じだろうな」

「透を遠ざけたまま守って、ソフィーが一人で戦うってわけね」

メニューから確認すると、霧谷とソフィーが五つずつリングを持っていた。リングを指につけると武器が持ちにくくなるからだろう。

――もしもこのままゲームが終わってしまえば、決勝の決着がついてしまう。

頭脳バトルの前に最終決戦が終わるなんて、学園頭脳バトルものとして許されない。

そんなつまらない結末……演出家のプライドを賭けて、絶対に阻止しなければならない。

「西園寺はこれをメインに使ってくれ」

俺は西園寺にアサルトライフルを渡した。威力と射程のバランスが取れた銃だ。

「これで後ろから援護してくれ。俺がソフィーの相手をする」

「あんたが？　できるの？」

「さあな。だがやるしかない。他に手があるか？」

「……わかったわ」

あまり気は進まないが、こうなってしまっては仕方がない。

俺はピストルなどを体の内側に補充しつつ——両手にナイフを取った。

＊

このゲームでは、ガン逃げ戦法を防ぐためか、メニューを開けば敵二人の位置だけは地図で確認することができるようになっている。

そして一度目の交戦が終わったあとも、チーム霧谷は、遠くのコテージ近くに一人、そして森ゾーンに一人という配置で俺たちを待ち構えていた。

「やっぱりそうなるよな」

「どうせあなたたちには何もできませんよ」

コテージを出て進んだ俺たちは、やはり再びソフィーと交戦した。

はるか遠くの崖の上に、スナイパーライフルを構える霧谷が見えた。左手のすべての指にリングがはめられている。

そしてその行く手を阻むように、開けた道の真ん中で堂々と立ちはだかるソフィー。

ナイフを持つその手の中には、きっと五つのリングが握られているのだろう。さっきはリングなしの状態で突っ込んできたわけだが、持っていても戦える、と。

指に装着しないということは、一発も手を撃たれるつもりはないらしい。強気な判断だ。

――このまま終わるわけにはいかない。

主人公たるもの、一度でいい。観客の誰もが息を呑《の》むような、絶体絶命のピンチに陥らないとダメなのだ。

俺はソフィーの正面、開けた道へと飛び出した。

「ほう、私と同じナイフですか」

両手にナイフ、腰にもナイフ。これが、ソフィーに対抗するための装備だ。

「豚に真珠とはこのことですね。武器を同じにしただけで、私と張り合えるおつもりで？」

「おつもりなんだなこれが」

開けた道に出たため、霧谷は当然スナイパーライフルで撃ってくる。

俺はナイフで――霧谷の射撃を弾き落とした。

「あーなるほど、こういう感じね」

「……無駄な抵抗を」

ソフィーに驚く様子はない。ソフィーと同じことをしただけなのだから当然だ。

——このゲームの銃は、弾道を見てから防げるギリギリの速さに調整されている。

いや本当にギリギリだし、たぶん俺とソフィーくらいしかできないが……弾が速いスナイパーライフルでさえ、距離があれば弾を見た後に防げるのだ。

「あんた、運動神経は並って言ってなかった……？」

「いやいや、負けてられないだろ。男として」

純粋な能力では活躍したくないのだが、勝負を成り立たせるためにはやむを得ない。

この場で生の銃弾を見ている西園寺はともかく、観客からすれば「ソフィーにできるんだし男ならできるか」くらいの感覚……なはずだ。つまりセーフ！

「調子に乗らないでください」

「うおっ⁉」

ならば自分が倒せばいいとでも言いたげに、ソフィーはナイフで切りつけてくる。

相変わらずその動きは俊敏——だが。

「調子に乗ってるのは、どっちだ？」

「——っ！」

俺はソフィーの動きを読み、最適な動きでナイフを合わせた。

ナイフ同士が擦《こす》れ合い、キィンと鋭い音を立てる。

逆に西園寺の射撃がソフィーを襲い、ソフィーは体勢を立て直すため引き下がった。

「……ただの豚ではないようですね」

「一応褒めてるんだよな？」

ああよかった。フィジカルゲームは久しぶりだったが、ちゃんと見える。

動体視力、相手の動きの予測、物理演算。四人しかいないので、バスケよりは簡単だ。

――これくらいできなきゃ、体育の授業は演出できないからな。

「なんであんた、あのバケモンと互角なのよ……」

西園寺は撃ちながらつぶやくが、俺はさっきの戦闘でわかっていた。

ソフィーの身体能力はバケモノだが――それでもまだ、俺の方が高い。

もはやそれは鍛錬の差ではなく、体格や筋肉量の問題だろう。特にあの胸なんて死ぬほど邪魔だろうし、今は右手を庇《かば》いながら戦っている。むしろソフィーを褒めるべきだ。

それでも差は差。性差の分、このくらいは観客からも不審に見えない……はず。

「見せてやるぜ男の意地！　援護射撃頼むぞ西園寺！」

「なんか釈然としないけど……任せなさい！」

……霧谷と西園寺の援護射撃を受けながら、俺とソフィーは接近戦を繰り広げた。

だが、連射の利かない霧谷の銃撃は、もはや完全に無力化していた。

かと言って、リングを持っている状態では近づくわけにもいかないだろう。おそらく霧谷には、西園寺の銃弾を防げるほどの身体能力はない。

ソフィーだって手にリングを握っているのは明らかで、俺ほど自由には動けない。

――俺たちの方が有利になるのは必然だった。

「形勢逆転！　さっきまでの威勢はどうしたよ！」

「くっ……」

俺たちが押し込み、守勢に回ったソフィーの表情に苛立《いらだ》ちが募っていく。

戦場が霧谷に近づき、今や霧谷は中距離の銃に武器を持ち替えていた。一人で逃げるかと思ったが、援護しないとソフィーがやられるという判断か。

もちろんソフィーさえ片付けてしまえば、俺たちが霧谷を倒すのは難しくないだろう。

――誰の目から見ても明らかにジリ貧。そんな状態になったところで……。

「うおっ！」

突然、視界に煙が広がった。

何が起こったのかはすぐにわかった。ソフィーが西園寺の射撃に合わせてスモークグレネードを放ち、爆発させたらしい。一瞬だけの目眩《めくら》ましだ。

煙が上がるほんの数秒で、ソフィーは素早く霧谷のもとまで戻り、霧谷の手から五つのリングを受け取った。

ソフィーはそれらのリングをガッチリと手で握り、背を向けて最高速で逃げていく。

「見えたか？」

「もちろん」

俺もナイフをピストルに持ち替え、西園寺と一緒にソフィーを狙って撃つ。

さすがのソフィーでも、背を向けてしまっては弾を防げないはず。

ここで仕留めてしまえば完全に形勢逆転、だが……。

「……へぇ」

俺は思わず動きを止め、感嘆の言葉を漏らしてしまった。

——俺たちとソフィーの間に霧谷が身を投じ、すべての弾丸を受け止めたのだ。

ナイフで弾《はじ》くわけでもなく、捨て身の防御。霧谷は全身が脱力し地面に倒れこむ。

その隙にソフィーは森の中へと入り、逃げていった。

「俺は追う。急いで武器の回収を頼む」

「わかったわ」

俺は霧谷の処理を西園寺に頼むと、ソフィーの後を追って木々に飛び込んだ。

ソフィーはブーツ、当然足は俺の方が速い。すぐさまソフィーを視界に捉えた。

「……ソフィーのこと、信頼してるのね」

後ろから、西園寺のどこか寂しそうな声が聞こえた。

霧谷はおそらく無様に倒れこんでいるだろう。そこに主人公らしいカッコよさはないが、あくまで勝利に徹するのが霧谷のスタンスか。

そしてすぐに、西園寺《さいおんじ》が俺の後を追う足音が聞こえた。

『残り五分です』

脳内に機械音声のアナウンスが流れ、時間の切迫を知らせる。

……それだけあれば十分だ。いける！


ソフィーもピストルで応戦し、木々をかき分けながら追いかけること、数分。

「……ようやく追い詰めたぞ」

「観念しなさい」

ソフィーは両手にピストルを構え、乱れた息を整えながら俺たちを睨《にら》みつける。

しかしここはマップの端で、その背は崖。逃げ場はない。

――正真正銘、二対一。

すべてのリングを持っているソフィーを倒せば、むしろ全取りすらありえる状況だ。

ああ、もちろん七個や八個に調整するつもりなので安心してほしい。

こうすることで、「霧谷が託したリングをソフィーが守り切れず劣勢になったが、第二戦で霧谷が大逆転勝利し美味《おい》しい所をすべて持って行く」という筋書き通りになる。

　ともあれ、観客たちは今、固唾を呑んで勝負の行方を見守っているだろう。

　さあ——最後の勝負だ。

「……ふふっ」

　しかし——絶体絶命なはずの状況でソフィーは。

「あはははははははっ！　傑作ですね！」

　口端をつり上げ、嘲るような笑い声をあげた。

　……どういうことだ？

「おいおい、状況わかってんのか？」

「あんたが握ってるリング、全部守り切るつもり？」

「まさか。その必要はありませんよ」

　ソフィーは薄ら笑いのままゆっくりと両手を上げ、手のひらを開く。

　親指と人差し指で軽くピストルを握っていた、その両手に。

　——そこにあるはずのリングは、なかった。

「……はぁ!?」

　俺と西園寺の声が揃《そろ》った。頭が混乱する中、恐る恐るメニューを開く。

　そこに表示されていたのは——「霧谷《きりや》透《とおる》：十個」の文字。

　霧谷が、すべてのリングを持っている……？

「な、なんで？　どういうこと？」

西園寺がか細い声でつぶやく。俺もまったく同じ気持ちだった。

森に入る前、間違いなく、すべてのリングがソフィーに渡っていた。

「森に入ってからも、俺はずっとソフィーを追っていた。そんなはずが――」

「いいえ。一度だけ、私が視界から消えた瞬間があったはずです」

「……まさか」

「私は森に入った瞬間、リングを森の茂みに隠しました。あなたたちが通り過ぎた後、回復した透様が回収したのです。すべて透様の読み通りですね」

愕然《がくぜん》とする俺たちに、ソフィーはニヤニヤと計画を披露する。

無駄だとわかりながら、俺は顔面蒼白《がんめんそうはく》の西園寺に問いかけた。

「西園寺。武器を回収した後、霧谷のことを撃ってから来たか？」

「……ごめんなさい」

「いや、謝らなくていい。たぶん俺でもそうした」

西園寺は悪くない。ソフィーを追うのが最優先、一刻を争う状況だった。

しかし、そうは言っても……。

「西園寺が三十秒ぶん追撃したら、あるいは茂みに隠したのに俺が気づいたら、お前らのリングは全部俺たちに渡ってたんだぞ……？」

「しかし事実、そうはなりませんでした。透様にはすべてお見通しなのですよ」

「……っ」

返す言葉がなかった。俺たちは最適な行動を取ったはずだが、霧谷はそれをすべて読み切り、俺たちの裏をかいたのだ。

容易には信じがたいが……ゲーム画面に表示されている以上、信じる他にない。

「まだよ！　今からでも透を追って――」

「もういいだろ」

引き返そうとする西園寺を、俺は手で制した。西園寺がピクリと体を震わせる。

――残り時間は二分弱。地図を見れば、霧谷を示す青い点が、ひたすらに俺たちから遠ざかっていた。

今からソフィーを振り切って追いかけるなんて……どうやっても間に合わない。

「……そうね。私たちの完敗よ」

「おやおや、潔いことですね。ですが賢明な判断です」

西園寺だって俺に言われなくてもわかっている。勝ち誇った笑みを浮かべるソフィーに対し、悔しげにうつむき、唇を噛《か》んだ。

――ああ、見事な戦略だったよ。

霧谷たちは大ピンチに陥ったものの、相手の行動を逆手に取り、完璧に切り返した。観客たちの目にはそう映っているはずだ。

最低でも頭脳バトルに持ち込みたかったが……こうなってはどうしようもない。大ピンチを演出し、霧谷の鮮やかな策を見せられただけでも良しとするしかない。

俺がそう考えを整理していた――その時。

「……ソフィー、あんたは透のパートナーなのよね」

「はい？」

「せっかく透がいないんだもの。聞きたかったことがあるの」

西園寺はそう言いながら、両手に持っていた武器を手放した。

ガタンという音を立てて地面に落ちるアサルトライフル。戦う気はないという意思表示らしい。

その尋常ならぬ様子に、ソフィーも目線を鋭くする。

「あんたさ、楽しそうにゲームをしてる透を見たことある？」

「……」

質問の意図が汲《く》み取れなかったか。ソフィーは何も答えず、眉間にしわを寄せる。

「知ってる？　透って今はあんな感じだけど、昔はもっと明るかったのよ。学校でもそうだし、一緒にゲームをする時もね」

「……」

「懐かしいわね。勝っても負けても、本当に楽しそうだった」

西園寺はソフィーから視線を外し、遠い目をする。

きっと西園寺が言っているのは、女の子モードの、本来の霧谷だろう。

その存在を知っていたのは、腐っても幼馴染《おさななじみ》というところか。

「でもある日突然、透と会えなくなったの。学校に来なくなったし、家にも入れてもらえなくなったわ。それから何か月も経《た》って、やっとまた会えた時……透は変わってしまっていた。持ち前の明るさが消えて、でもゲームだけは精密機械みたいに強くなって」

今の人格は後天的に作り出されたもの。霧谷はそう言っていた。

霧谷家の長男にふさわしい人間――最高傑作になるための教育。

「でも、違うのよ。何をやっても全然楽しそうじゃない。勝ち続けなきゃいけないっていう重圧を背負って、孤独に戦ってる。私にはそう見えたし、それは今も変わらない。だからずっと……私が透に勝って、勝利の重圧から解放してあげたかった」

そこまで言い切って、西園寺はキッとソフィーを睨みつけた。

「今回はダメだった。だけど、絶対に諦めないから」

明かされた強い決意に、口を挟む余地さえなかった。

西園寺は「透をサポートするはずだった」と言っていたが、それだけじゃない。

これが――西園寺が霧谷に勝ちたかった、本当の理由。

「……それでも、透様は勝ち続けます」

静かに聞いていたソフィーが、負けじと強い言葉で言い返した。

「勝利の重圧？　誰からも理解されない孤独？　それが何だと言うのでしょう。勝利こそが、霧谷家の長男に課された使命です。最高傑作たる透様の存在意義です」

ソフィーは、いつになく真剣な目をしていた。

「あなたの力では、透様を救うことなど到底できませんよ」

ソフィーの凍るような視線を受け、西園寺が唇を噛む。

しかし俺は、そんな二人の様子を見て――どこか違和感を覚えていた。

西園寺をソフィーが煽《あお》る。この構図は何も不思議じゃない。だが……。

ソフィーがこんな表情で、こんなことを言うだろうか。

西園寺が霧谷に勝つことを――「救う」なんて言葉で表現するだろうか。

「言われなくてもわかってるわよ、私が実力不足なことくらい。私じゃ、透に勝てない。透を理解してあげられない」

西園寺は自嘲気味に笑う。

「それだけじゃないわ。あんたがこんなに強いと思ってなかったし、こんなに透から信頼されてるのも知らなかった。あんたになら勝ってると思ってたけど、とんでもない思い上がりだったのね。バカにするならしなさい」

西園寺は武器を持たないままソフィーにツカツカと歩み寄った。

ソフィーは険しい顔でピストルを構えるが、西園寺は歩みを止めない。

「でもね、これだけは言わせて。あんたは透のパートナーなんでしょ」

動かないソフィーに対し、顔を間近にまで近づける西園寺。

鋭い視線でソフィーを睨みつけた西園寺は、次の瞬間――感情を爆発させた。

「あんただけは透を理解しなさいよ！　同じ場所から支えなさいよ！　『見えている世界が違う』なんて言って、わかったように突き放してんじゃないわよ！」

その表情は、仮想現実とは思えない迫力を纏《まと》っていた。

俺は気圧《けお》されながらも二人の様子を見守る。

「……今、透の横にいてあげられるのは私じゃない。あんただけなんだから」

「……」

息を切らすようにして睨みつける西園寺。瞳を揺らがせながら黙りこくるソフィー。

そんな二人を見て――俺は。

「――っ！」

突如として閃《ひらめ》き、違和感の原因を突き止めた。

『残り十秒です』
そんなアナウンスが耳に届いた瞬間、俺の体は勝手に動いた。
まずはピストルで手早く、ソフィーの両手を撃つ。
「――っ!?」
完全に油断していたようで、あっさりと攻撃が通った。
腕が脱力し、武器が手から滑り落ちる。俺にとっては十分すぎる隙だ。
「あんた、何して……っ!?」
西園寺《さいおんじ》の疑問に答える暇もなく、俺は一目散にソフィーへと襲い掛かった。
ソフィーが俺に視線を切り、咄嗟《とっさ》に体をひねるが、俺はその動きさえも織り込んで。
その最も魅惑的な部分。すなわち。
――胸の谷間に、思いっきり右手を突っ込んだ。
『ゲームを終了します』
その機械音声を合図に、あらゆる感覚が現実に引き戻されていく。
最新技術の恩恵を受けた柔らかさを感じつつ――俺は二つのリングを握りしめていた。

＊

――ヘッドセットやセンサーが外され、黒い箱から解放される。

スタッフたちは「十分間の休憩を挟みます。それまでに決闘場へと移動してください」という言葉を残して部屋を出て行き、俺と西園寺が取り残された。

俺は備え付けられた水を飲み、大きく伸びをする。

すると、西園寺が俺の目の前で腕を組み……ジトッとした目で俺を見てきた。

「なんだ？　ちゃんとリングは二個、ガッチリ掴《つか》んだぞ？」

「そうじゃないわよ。最後のあれ、どういうこと？」

「いやあれはつまり胸の谷間とは肌身でありつつギリギリ服の外なわけでそこにリングが隠されてたから仕方なく――」

「そっちでもないわよ！　なんで、ソフィ、ー、が、リ、ン、グ、を、持、っ、て、た、の、？」

セクハラに怒っているのかと思ったが、弁解する必要はなかったらしい。

ホッと一息入れつつ、俺は真相を教える。

「ゲームの表示通りだ。逃げてる途中にリングを受け渡した、なんてのは真っ赤な嘘《うそ》。ちゃんと霧谷《きりや》がリングを持ってたんだよ」

「……どういうこと？」

「難しい話じゃない。俺たちがソフィーだと思っていたのは、ソフィーの演技をした霧谷だった。最初からアバターを入れ替えてたんだよ」

「…………うそ」

数秒を経て、すべてを理解したのだろう。西園寺が目を見開く。

──そう、最初からだ。

俺がアバターを選択した時、西園寺や小鳥遊《たかなし》のデータも選べるようになっていた。

その時、霧谷はソフィーの、ソフィーは霧谷のアバターを選んでいたのだろう。

「全然気づかなかった……透《とおる》の演技、完璧にソフィーだったわ」

西園寺が呆然《ぼうぜん》としながらつぶやく。

きっと俺たちだけじゃなく、観客や実況者すらも騙《だま》し抜いていただろう。

「ゲームの内容によっては何の意味もないし、俺は選択肢にすら浮かばなかった。お互いを知り尽くした二人だからこそ取れる手だったな」

「……最後、私たちはまんまとハメられかけたわけね」

「打てる手をしっかり打った上で、ちゃんとそのトリックを活《い》かすようなゲーム運びをしていた。最後の最後、実際俺たちは一度諦めてたわけで……大したもんだ」

「なによ、結局すごいのは全部透だったんじゃない。ソフィーのこと見直して損したわ。ま、あんなデカいもんぶら下げてまともに動けるわけないわよね」

霧谷（女）が聞いたらぷんぷん怒りそうなことを言いながら、西園寺は笑みをこぼし。

──次の瞬間には、真剣な表情でつぶやいた。

「ってことは……最後のも、透の言葉なのよね」

「ああ、そうだな」

これこそ、俺がこの入れ替わりに気づいた理由だ。

——誰からも理解されない孤独、救うという表現。

霧谷の言葉は、ソフィーならこう言うだろう、と考えた上でのものだったのか。

それとも、西園寺の気迫に圧倒されて不意にこぼれてしまった、霧谷の本音なのか。

『最後のゲームを行います。決闘場にお越しください』

そうこうしているうちに、控室にアナウンスが流れた。

目の前にいる西園寺はギュッと拳を握り、上目遣いで、不安げに俺を見る。

「信じて、いいのよね？」

「……」

短い言葉だが、それだけですべてが伝わった。

——この問いかけは、昨日の続きだ。

俺が本気で勝とうとしているのか、そう信じていいのか、と。

「さっき透に言った言葉。あれが私の本心よ。今の私には透を救えない。アバターの入れ替わりだって全然気づけなかった。きっと透の見ている世界は、私には見えない。でも、あんたならわからない」

西園寺はじっと俺を見つめ――俺の両手を摑んだ。
「透のために……勝って」
そう言う西園寺の瞳は鋭く、しかしわずかに潤んでいるように見えた。
両手からはかすかな震えが伝わってくる。
……演出はどうなる？
俺が派手に負けて、霧谷が無双して、みんなが喜んでくれる。
それが最高の演出じゃなかったのか？
――そんなわけないだろうが、バカ野郎。
「ああ、勝つさ」
俺はサラリとそう言って、西園寺の手を振り払う。
そのままその手で――伊達メガネを外し、ズボンのポケットに突っ込んだ。
……一気に視界が開け、世界が変わる。
全身の血が沸く。心臓はバクバクと、うるさいほど脳に響く。
ああ……あの時、小学校でのゲーム大会以来だ。
全力を尽くして戦い、本気で勝ちに行く。
あの集中力を、あの感覚を、体が思い出していく――。
「あんた、こうして見るとけっこうイケてるわね……」

「あ？　何か言ったか？」

「な、なんでもないわよ」

「なんなんだよ。さっさと行くぞ」

最終決戦を前にした興奮ゆえか。赤くなっている西園寺を横目に、俺は控室を出た。

……物語のため？　多くの人々を楽しませるため？

違う。そんなの今はどうだっていい。

有象無象の観客なんかよりも幸せになってほしい人が、すぐ近くにいるのだから。

――たった二人の女の子を笑顔にできないで、何が演出家だ。

*

防音フィルターで覆われた決闘場に、俺たち四人がテーブルを挟んで向かい合う。

いろいろあったが、霧谷は見慣れた無表情。ソフィーは俺たちに挑発的な目を向ける。

「こんな時にイメチェンですか？　随分と余裕ですね」

「ああ。お前らが初めての敗北に打ちひしがれる姿をよく目に焼き付けようと思ってな」

「……先ほどまでと雰囲気が違いますね。どちらも不快なことに変わりはありませんが」

言い返されると思っていなかったのか、ソフィーは思い切り顔をしかめた。

「あなたたちが今こうして最終決戦を迎えられるのは、透様の慈悲です。くれぐれも忘れないでくださいね」

ソフィーは負け惜しみのように吐き捨てる。霧谷はというとそっぽを向き、ソフィーに好きなようにさせていた。

……しかしこの様子だと、ソフィーは霧谷から何も聞いていないのだろう。

俺がソフィーの谷間に右手を突っ込んだことも。

おそらくは──霧谷と西園寺がどんなやり取りをしたのかも。

『スクリーンに、先ほどのゲームの結果を公開します』

その時、スピーカーから機械音声が届き、俺たちはスクリーンを見上げる。

『最後に獲得していたリングの数は、チーム田中が二個、チーム霧谷が一個です』

「……え？　どういうこと？」

画面に表示された結果に、西園寺が素っ頓狂な声を漏らした。

ソフィーの胸の中に埋まっていたリングは十個だが、三個しかカウントされていない。

「難しい話じゃない。二人ともが触れていたリングはカウントされなかったんだよ」

俺の説明を聞き、西園寺は「あ、そういうこと」と納得したようだった。

あの時俺が摑んだリングは二つだが、他に七つのリングが手に当たっていたらしい。

レアケースだからか、そういったリングがどう結果に反映されるかは最初に説明されていなかった。こればかりは本当にラッキーだ。

『この結果を踏まえ、第二戦では、田中叶太が勝率六十七%、霧谷透が勝率三十三%のゲームが行われます』

「やった！　これってホントにいけちゃうんじゃない？」

小さくガッツポーズを作る西園寺を横目に、俺は霧谷とソフィーに視線を向けた。

「……本当に、運だけはよろしいことで」

ソフィーは憎まれ口を叩《たた》きながらも、心配そうに霧谷を見る。しかし霧谷はいつもの半《はん》眼《がん》で、まったく表情を変えない。

きっと霧谷にとっては――勝率なんていう数字は飾りでしかないのだろう。

『それでは、最後のゲームを発表します』

思い思いの感情を抱きながら、俺たちは画面を見上げる。

やがて、相変わらず無機質な機械音声が――ゲームの名前を告げた。

『選ばれたゲームは――後出しじゃんけんです』

「――っ！」

その瞬間、即座に事態を理解した西園寺が顔を歪《ゆが》め、言葉にならない声を漏らした。

忘れもしない転校初日、俺が最初に西園寺と戦ったゲーム。あの日聞いたのとまったく同じ説明が流れる。

『後出しじゃんけんのルールを説明いたします。

プレイヤーの二人には、グー・チョキ・パーが描かれた三枚のカードが配られます。先攻は出すカードを決め、そのカードを裏返し、机上の所定の位置にセットします。この時、先攻は自分の出すカードを必ず確認します。

先攻が手を決めた後、後攻は先攻に対して、最大三つまで質問することができます。回答内容の真偽は問いませんが、先攻はこれに答えなければなりません。

そして、先攻がカードを出してから三分以内に、後攻はカードを出します。

最後にじゃんけんの結果を確認し、勝った方がゲームに勝利します。ただしじゃんけんの結果があいこだった場合、先攻の勝利となります』

今さらルールなんて聞くまでもないし、重要なのはゲーム内容じゃない。

俺側の勝率は六十七％。その数字が意味するのは……。

『田中叶太《たなかかなた》が先攻、霧谷透が後攻となります』

「待ちなさいよ！　そんなのおかしいわ！」

西園寺《さいおんじ》はすぐさま、待ち構えていたように抗議の声を荒《あら》げた。

「なんでこっちが先攻なのよ！　このゲームは後攻の方が有利じゃない！」

このゲームを知り尽くしている西園寺にとって、当然の主張だった。

――ランダムで手を選べば後攻の勝率は三十三％だが、勝敗の決定権を持つのは後攻。

常に最善を選べる実力者が戦えば、むしろ後攻必勝。それがこのゲームの本質だ。

……そんなゲームで、霧谷《きりや》を相手に先攻で勝つ？

霧谷の実力と戦績を考えれば――勝率ゼロ％と言う方が、よほど説得力があるだろう。

『勝率は蓄積された決闘記録に基づいています。ゲームの変更はできません』

「……っ！」

しかし、機械の回答は無慈悲なほどに正当なものだった。西園寺も押し黙るしかない。

学園の生徒のほとんどは二人のような力を持っていないし、その場合はもはや運ゲーに近い。だから決闘記録全体を見れば、先攻勝率は六十七％に収束しているのだろう。

こういうことがあるから、勝率なんて飾りなのだ。

「あはははははははっ！　傑作ですね！」

そんな西園寺の様子を見て、ソフィーは高笑いをあげた。

「最後は運すらも透様に味方しました！　やはり最後に勝つのは透様！　この世界は透様を中心に回っているのです！」

「……待ちなさいよ、まだ勝負が決まったわけじゃ――」

「昨日のことをもう忘れたのですか？　透様の力は絶対。もちろん、感情を読む能力についても例外ではありません。負ける道理がどこにあるでしょうか」

「……っ」

興奮しながら語るソフィーに、西園寺は口を噤《つぐ》むことしかできない。

昨日敗北したばかりの西園寺が、霧谷の実力を一番良くわかっている。

「……仕方ないわ、運がなかっただけよ」

隣で立ちすくむ西園寺は、顔も上げずにつぶやく。やはり、すべてを諦めたように。

そしてそのまま、怒鳴るように声を張り上げた。

「透《とおる》こそが心理戦の天才よ！　私がいくら頑張っても敵《かな》わない！　よりにもよってこのゲームなんて、勝てるわけないじゃない！」

そこまで叫んで、ふと我に返ったのだろう。

西園寺は俺に背を向け、拳を握りしめた。

「……ごめん、あんたに当たるのはおかしいわよね」

いつもの強気な態度は消え去り、小さく謝罪を口にする。

だが、取り乱す西園寺を見て……俺はむしろ、自分でも驚くほどに冷静だった。

「落ち着けって。とりあえず顔を上げろ」

西園寺がやっと俺を見る。そして、少しずつ目を見開いた。

「あんた……なんで、この、状況で、笑ってるの？」

「そりゃあ、最高に面白い状況だからに決まってるだろ」

突如として訪れた逆境に、俺は口角が上がるのを抑えられなかった。こんなにワクワクしたのは、初めて霧谷と出会った時以来……いや、あの時以上かもしれない。

冴《さ》えた頭で俺は考える。本当に勝ち筋はないのだろうか。

西園寺が言うには、霧谷は感情を読める。しかも、準決勝の神経衰弱ダウトを踏まえれば、嘘《うそ》を見抜く精度は西園寺以上らしい。

だから後攻で質問されれば、「出したのはグーか」なんて単純な質問をされただけでも、俺の手はバレバレ。ゆえに必敗。シンプルでわかりやすい理屈だ。

だが、そこで思考を止めちゃいけない。

——霧谷は本当に、西園寺以上の精度で感情を読めるのか？

——神経衰弱ダウトの時、霧谷は本当に西園寺の嘘を見破ったのか？

——質問に対し、俺が霧谷を欺《あざむ》く手段はないのか？

——そもそも、俺たちと霧谷が持っている情報は同じなのか？

必敗という結論、そのロジックを構成する一つ一つの要素を疑い、突破口を探る。

成功も失敗も、西園寺との思い出も、学園に来てからの記憶すべてを引っ張り出す。

……そうして改めて感じるのは、西園寺の想《おも》い。

霧谷を救いたくて、何年も一芸を磨き続け、それが報われないまま終わるなんて……。

「俺はお前を信じるぞ」

「……？」

結論を出した俺は、西園寺の耳元で小さくそうささやいた。

西園寺は何のことかわからないというように首を傾《かし》げる。だが、それでよかった。

『決勝を戦う両名はテーブルの前にお進みください。その他の二人はお引きください』

機械音声に呼ばれ、俺は西園寺のもとを離れた。俺と霧谷が向き合う。

勝利を確信してニヤニヤと笑みを浮かべるソフィーも、霧谷の後ろに引き下がる。

そして霧谷は、相変わらずの透き通るような目で俺を見据えていた。

『後出しじゃんけんを開始します。先攻、田中叶太』

ゲーム開始の合図が鳴り響く。

グー、チョキ、パー。俺はテーブルに用意された三枚のカードを手に取った。

俺は一つ、大きく深呼吸をし……霧谷に語りかける。

「いろいろあったが、ようやく戦えるな。初めて会った時は『どんなことがあろうと、勝つのは僕だ』なんて言われたっけ？」

「……」

「泣いても笑っても最終決戦だ。楽しもうぜ、霧谷」

俺は不敵に笑いかけながら、カードの一枚を手に取った。それをあえて大きく振りかぶり、バシン、という音を立ててテーブルへと叩きつける。

「三つに一つだ。当ててみろよ」

霧谷の後ろに見えるソフィーは俺に気圧《けお》されたか、緊張の面持ちで見つめている。

そして俺の視線に応える霧谷の表情も、少しだけ眉に力が入ったように見えた。

さて――本番はここからだ。

『後攻、霧谷透』

その合図とともに、霧谷は三枚のカードを手に取った。

霧谷はまるで俺がそうしたように呼吸を整え……ゆっくりと口を開く。

「君は一つ、大きな勘違いをしている」

「ああ？」

「ゲームの種類だとか、確率だとか、相手が誰だとか、そんなものは何一つとして関係がない。結果はいつも変わらない」

薄暗かった霧谷の目に、青い光が灯《とも》ってゆく。

そして、俺の目を――霧谷の鋭い眼光が突き刺した。

「勝つのは僕だ」

その目は――勝利だけを追い求める目だ。

そして霧谷は、右手でグーのカードを持ち、俺に見せつけた。

「……終わらせよう」

次の瞬間。やはり俺と同じように、霧谷はグーのカードを高々と振りかぶった。

さぶりなことくらいわかる」

「残念ながら、俺はお前を絶対視しちゃいない。判断材料が何もないいんだから、今のが揺

霧谷は俺の目をじっと見つめている。だが、霧谷の動きは想定内だ。

だが霧谷はそのグーのカードをテーブルに叩きつけず――寸前で止めた。

まさかもう勝敗が決するのか、と。戦いを見守る西園寺とソフィーが同時に息を呑《の》む。

「「――っ!」」

俺は負けじと霧谷を睨《にら》み返しながら、強気に言葉を紡いだ。

しかし霧谷は動じず、目に色を灯したまま淡々と告げる。

「それでごまかせているつもりなら、残念なのは君の方だ。君の手はチョキではない」

「……へぇ?」

霧谷の断言を聞き、ソフィーが笑みを浮かべる。

その言葉は確信か、それともハッタリか。霧谷の無表情からは到底読み取れない。

「残り二つから選ぶだけだが……単刀直入に聞く。君の出した手はパーか?」

「……真偽はともかく、答えなきゃいけないのがルールだったな。違う、と言っておく」

「……」

俺は軽く返し、霧谷はやはり俺のことをじっと見つめて動かない。

張り詰める空気――ここが仕掛け時だろう。

「本当は怖いんだろ？　負けるのが」

声をかけられるとは思っていなかっただろうか。

出し抜けにそう言ってみると、霧谷の眉がピクリと動いた。

「お、やっと俺にもわかるくらい表情が動いた。もしかして図星か？」

「……なぜ僕が敗北を恐れなければならない？」

「んなもん簡単な理由だ。お前の強さは絶対なんかじゃない」

霧谷は表情を変えない。後ろにいるソフィーは実に不愉快そうだが。

「お前は今、二つの手で俺の反応を見た。もしお前がなんでも見通せるなら、もう手は決定できるはずだ。だが、まだ迷ってる。心理戦は苦手か？」

「……」

「そうじゃないと言いたいなら——俺は逃げも隠れもしない。俺の心を読んでみろよ」

俺は堂々と霧谷を見て、そう挑発した。

顔、特に目は、体の中でも一番反応が出やすい部分。俺は今まで、それを隠しもせずに対峙《たいじ》してきた。つまり、真っ向勝負を挑んできたわけだ。

そんな俺の言葉に、何を思ったのだろう。霧谷は——静かに目を閉じた。

「……今さら何を喚《わめ》こうと、先攻の君はもはや何もできない。僕の勝利は揺らがない」

「ああ？」

「これで——僕の勝ちだ」

霧谷はやはり淡々とそう言いながら、一枚のカードを手に取る。

今度は振りかぶることもなく、裏返したまま——静かにテーブルに置いた。

『両者のカードの選択を確認しました』

機械音声が響く。今度こそ後戻りはできない。

「めったに見られない透様の本気♡　やはりカッコいいです♡」

「……お願い」

ソフィーは恍惚《こうこつ》と、西園寺《さいおんじ》は祈るように、各々の思いを口から漏らす。

しかし俺も霧谷も、それらの言葉には反応せず、代わりにお互いに睨み合っていた。

「勝敗がわからないこの時間……ヒリヒリするだろ？」

「僕にそんな感情はない。君が恐れているだけだ」

「何にせよ、お前の連勝記録は今止まる。どんな表情を見せてくれるのか楽しみだな」

「……減らず口を。身の程をわきまえず僕に挑んだことを後悔するといい」

俺に当てられたのか、霧谷の言葉はいつもより熱を帯びているように感じた。

そんな霧谷を見て、思わず俺も頬が緩む。

——ああ、それでいい。

『両者、カードを開いてください』

機械音声が俺たちを促す。俺はふてぶてしく笑いながら、霧谷《きりや》は真剣な表情のまま。お互い、カードに手をかけた。

「勝つのは俺だ」

「勝つのは僕だ」

お互い見計らったように、俺たちは同時にカードを裏返す。

——その瞬間。

霧谷のグー、俺のパーが現れ——霧谷が目を見開いた。

『勝者、田中叶太《たなかかなた》』

張り詰めるような静寂を、温かみのない機械音声が破った。

＊

「……ふぅ」

緊張の糸が切れ、俺は安堵《あんど》のため息をついた。

ふと周りを見ると、観客たちはみな立ち上がり、小鳥遊《たかなし》はマイク片手に声を張り上げているようだった。なおも音は聞こえないが、防音フィルターが震えるほどの熱量だ。

そんな光景を眺めながら、俺が激闘の余韻に浸っていると……。

「本当にやりやがったわね！」

「どわっ！」

後ろから、西園寺が勢いよく俺に抱きついてきた。

心地よい感触が二つ背中に押し付けられるが、本人はそれどころではなさそうだ。

「すごいわよ！　本当に勝っちゃうなんて！　信じられない！」

「おいおい、大げさだろ」

「そんなわけないでしょ！　あの透《とおる》に勝ったのよ!!」

西園寺はそう嬉《うれ》しさを爆発させ……そこから一転。

——頬を染め、ボソッと耳元でささやいた。

「今のあんた、けっこうカッコよかったわよ。本当にありがとう」

「……お前それ、絶対後悔するからな。つーかまだ終わってねえ」

俺は西園寺を引き剝がしながら霧谷とソフィーを見た。西園寺も同じく視線を移す。

——テーブルに手をついてなんとか体を支え、顔を上げられない霧谷。

こんな霧谷は、西園寺やソフィーでさえも見たことがないだろう。

その後ろから、ソフィーは声をかけた。

「透様、わざと負けられたのですか？」

——耳を疑った。

うなだれる霧谷と、霧谷に冷たい視線を送るソフィー。

ソフィーの声に気遣いは感じられず、むしろ責めるような口調だった。

「何言ってんだよお前。何をどう見たらそんな考えになる？」

強めの語調で抗議してみても、ソフィーは不愉快そうに俺を睨みつけた。

「このゲームの後攻で敗北するなど、透様に限ってはありえません。絶対にです」

「……その点だけはソフィーに同意ね。透レベルの実力者が戦えば後攻必勝なのがこのゲームよ。昨日の神経衰弱ダウトでも、透は私の心を読んでたわけで――」

「いや、そもそも昨日のゲーム、霧谷は西園寺の嘘なんて見抜けてないぞ」

「はい？」「え？」

ソフィーと西園寺の声が重なった。だが、今となればすべてがわかる。

「だよな、霧谷？」

確認するような調子で、俺は霧谷に問いかける。霧谷は目を伏せた。

「西園寺、今の霧谷の反応は？」

「……図星、なの？」

「ま、そういうことだ。霧谷が西園寺と同じくらい感情を読めるのは事実なんだろうし、今まではそれで勝ってきたのかもしれない。だが、西園寺は自分の反応を制御できる。これこそ、西園寺が磨き続けてきた心理戦の技術だ。霧谷にだって読めないさ」

「待ちなさいよ。じゃあ透はあの時、なんでダウトの成功を確信できたわけ？」

西園寺の問いかけに答え、俺はフィルターの外に手を向けた。

「あの時霧谷が見てたのは西園寺じゃない。観客だ」

「「……っ！」」

今度は、西園寺とソフィーが同時に気づく。

――そう、ゲームに参加しているのは俺たちだけじゃない。

ゲーム中はじっと俺たちを見つめ、今は歓声を上げている観客たち。フィルターで声こそ聞こえないが、その様子は遠目に確認できる。

西園寺の嘘《うそ》を見抜くのは不可能でも、西園寺のめくったカードを見た観客なら、人数もいるしリアクションも大きいから、霧谷には読み取れたわけだ。

「言われてみれば簡単な話だろ？　だけどみんな、霧谷の『感情が視《み》えるのは自分だけ、などという希望は捨てることだ』なんてブラフを信じてしまった。理由は単純だ。お前らは霧谷を神聖視しすぎなんだよ」

西園寺は唇を噛《か》む。自分の力を信じきれなかった西園寺には耳が痛いだろうか。

――まあ、見事なミスリードだったとは思う。

心理戦では自分より格上の西園寺を、霧谷はたった一言で封じ、一度は諦めさせた。あれ以上に力の差を感じさせる勝ち方はなかっただろう。

「さてと、もうわかったよな。この観客こそ、俺が勝った方法でもある」

静かに俺の話を聞く三人を横目に、俺はじゃんけんのカード三枚を手に取った。

「カードを振りかざす直前の数秒、俺はあえて観客たちにチョキを見せてから、霧谷にも観客にも見えないところでパーに差し替えた。手先の器用さには自信があるんでね」

トランプゲームの良いところは、こういう小技で展開を調整できることだ。

マジックなどによく使われる技術だが、慣れた俺にとっては手癖のようなものである。

「初《しょ》っ端《ぱな》、霧谷は『君の手はチョキではない』と言っていた。だがあの時点で、観客が見たのはチョキだとすでにわかっていて、後は確認作業だったんだろうな」

――カードを見た観客を特定し、その反応を読み取り、俺の手を割り出す。

どれも至難の業だが、霧谷ならそれくらいできるし、やるだろう。そう考えた。

「……そうなのですか？　透様」

「……」

霧谷は何も答えないままうつむく。

相手が考慮に入れないような情報さえも利用し、勝利のために活用する。

それが霧谷の戦い方であり、いままで勝ち続けられた理由だ。

――今日だけは、逆に利用されてしまったわけだが。

「すごい……」

後ろから、西園寺が漏らす感嘆の声が聞こえる。それがなんだかおかしかった。

——本当にすごいのが自分だとは、まったく気づいていないらしい。

「……いえ、それでもおかしいです」

すると、なおもソフィーは食い下がってきた。

「透様でも、そこの雌豚相手に嘘は見抜けなかった。そこは百歩譲って認めましょう。ですが、今回のゲームの相手はあなたです。わざわざ観客などに目を向けなくとも、質問を重ね、直接あなたの反応を見ればよいのではないですか」

「そうしていたら、俺が仕掛けた罠《わな》に引っかかることもなかった、と？」

「そうです。だから、やはり透様が負けるなど——」

「お前はもうちょっと考えろって」

少しばかり語調が強かったか、ソフィーは押し黙る。

「まず前提として、お前は西園寺のことをナメすぎ。西園寺は心理戦にかけてはトップレベルで、霧谷以上の力がある。昨日のゲームを見てわかっただろ？」

「……だからなんだと言うのです？　このゲームと何の関係が——」

「俺はその西園寺に勝ってるんだぞ？」

「——っ！」

ソフィーが目を見開く。そう、これが俺の切り札だった。

俺と西園寺が戦った、この学園に来て最初の決闘を、霧谷は確かに見ていたのだ。

西園寺が完璧な心理戦を披露し——そして負けた、あの一戦を。

「俺はあの日、本気の西園寺を相手に先攻で勝った。これがどういうことかわかるか？」

「まさかあなたも……無意識の反応や表情を操れるのですか？」

「さあ、ご想像にお任せするよ」

俺はニヤリと、不敵な笑みを浮かべて答えた。

言外の、霧谷ですらできないことを俺がやっている、という宣言だが……。

——もちろん真っ赤な嘘だ。そんなのこれっぽっちも操れない。

あの一戦は、俺が西園寺を上回ったわけじゃなかった。俺が負けようとしたために、西園寺が勝手に読み間違えただけ。

だが、その真相は誰も知らない。いくら霧谷でも、知らないことは計算に入れられない。

俺が負けようとした可能性なんて、考慮するだけノイズになるからだ。

「もちろん霧谷もそれがわかっていた。なんなら正式な決闘じゃないとはいえ、その後も俺は西園寺に勝ち続けてるわけだしな。そんな相手の反応を引き出したところで、何の情報にもならないんだよ。これを聞いてまだ、霧谷が必勝だったと言えるか？」

「……」

これでソフィーの論理は破綻した。ソフィーは険しい表情を浮かべる。

――あのゲームでは、西園寺《さいおんじ》が勝手に読み間違えた。

だからこそ、その事実を逆手に取ることができた。

俺はただ、自信満々に振る舞い、心理戦に誘えばよかった。

今度は――俺が霧谷を、読み間違えさせたのだ。

「まとめようか。霧谷はこのゲームで、グーを出すしかなかった。観客の反応が罠だったとしても、俺の反応を読み取れない以上、チョキかパーかを絞りこむ手段がないからな。霧谷にとってこのゲームは必勝どころかむしろ必敗。そしてその状況を導けたのは……」

そこまで言って、俺はソフィーから視線を外し、西園寺を見る。

「お前のおかげだ、西園寺」

「……え？」

予想していなかったのか、西園寺は目を丸くする。

「なに驚いてんだよ。お前は霧谷の心を読めるし、霧谷はお前の心を読めない。心理戦において、お前は確かに霧谷を上回っていた。そうだろ？」

「……っ！」

直接の勝利は叶《かな》わずとも、西園寺が積み重ねてきた努力は無駄じゃなかった。

霧谷との決闘の最後、俺は霧谷に『俺の心を読んでみろよ』と挑発した。俺の実力を誤認していた霧谷は、それを罠と判断し、真っ先に正解の手を切り捨てた。

西園寺という、霧谷を上回る強者がいたからこそできた誘導だ。

「霧谷《きりや》もお前の実力を認めていた。だからこそ必勝の状況に誘導できた。これは俺だけの勝利じゃない、お前がいてくれたから勝てたんだよ。サンキューな」

「……そんなの……だって、私は……！」

西園寺の頬は上気し、目も潤んでいるように見えた。

その感情は、驚きか、喜びか、誇りか、あるいはそのすべてか……。

いや、俺にはわからなくていいだろう。俺は西園寺じゃないからな。

だけど……西園寺のこんな姿が見れて良かったと、心から思う。

「しかしまあ、これでよくわかっただろ」

俺は再びソフィーに向き合い、肩をすくめた。

「必勝だなんてとんでもない。霧谷にとって今回の戦いは本当にギリギリだった。なのにお前は霧谷を崇拝し、勝利を妄信しているだけの存在。そんなのパートナーでもなんでもない。お前は霧谷のことを何もわかってないいんだよ」

「わ、私は…………くっ」

ソフィーは反射的に口を開いたが、何も言葉を絞り出せなかったようで、ガクリとうなだれた。やっとその減らず口が収まった。

「それじゃ、最後の仕上げと行くか」

そう、まだ終わっていない。

俺はテーブルに力なくもたれかかる霧谷の前まで行くと「大丈夫か？」と声をかけた。

だが、霧谷は顔を上げない。

焦点の合わない虚《うつ》ろな目をしたまま、言葉をこぼす。

「……僕は……負けるわけには……」

弱り切った、消え入りそうな声。

主人公モードが崩れているのは明らかで、こっちの霧谷も人間なんだと変に安心する。

そして……霧谷がどれだけの重圧を背負って戦ってきたのかも、ありありと伝わった。

「自分を責めるなって。お前は最善を尽くしたし、どっちが勝ってもおかしくなかった」

勝敗を分けたのは、俺が心理戦で西園寺に勝ったという歪《ゆが》んだ事実。

それがなければ、あるいは選ばれたゲームが違えば、どうなっていたかわからない。

「……だが、負ければ意味がない。僕の存在価値は——」

「ああもう、違う違う！　堅苦しいことはいったん置いとけって」

俺はガシガシと頭を掻《か》く。

うまく伝えられる自信はなかったが、それでも言葉を続けた。

「お前が今までどうやって生きてきたか、少しくらいはわかってるつもりだ。霧谷家の長男として、すべてのゲームに勝ち続けてきたんだよな」

俺は言葉を区切り、霧谷の目を覗《のぞ》き込んだ。

「で、楽しかったか？」

俺の問いかけに、霧谷は怯《ひる》んだように目を伏せる。

仮想現実の中で西園寺にかけられた言葉も、きっと頭に浮かんだだろう。

「……それは」

「答えなくてもいい。でもこれで、お前の親父《おやじ》さんもわかっただろ。ゲームに絶対なんてないし、負けるときは負ける。絶対に勝たなきゃいけないなんて重圧、背負う必要はハナからないんだよ。そう考えると、今のゲームなんて最高に楽しかったと思うけどな」

霧谷は目を伏せたまま押し黙る。

――きっと霧谷に、ゲームを楽しむ余裕なんてなかっただろう。

何も確証がなく、俺の罠かもわからないまま、祈るようにグーのカードを出す。

そんなヒリつく瞬間も、心の中は不安と重圧でぐちゃぐちゃだったに違いない。

――だからこそ。

「俺はお前に、ゲームを楽しんでほしい」

西園寺が霧谷にぶつけた願い。それと同じ願い、心からの本心を、俺は霧谷に伝えた。

――小学四年生の時、俺はゲームでみんなを悲しませてしまった。それ以降、俺は演出に身を捧《ささ》げてきたわけだが……その原動力がなんだったのか、今ならわかる。

ゲームは、みんなで楽しむべきなのだ。それを実現するのが演出家だ。

そしてもちろん、ゲームを楽しむのは——いつからでも遅くない。

「今のお前はもう、絶対的な強者じゃない。だから、敗北に怯《おび》える必要もなければ、孤独を選ぶ必要もない。それを踏まえて聞く」

俺は霧谷に右手を差し出した。

ついに顔を上げた霧谷の目を、しっかりと覗き込む。

「お前はどうしたい？」

……つかの間の、沈黙。それでも霧谷は、ゆっくりと目を見開いた。

死んでいた目に——今まで見たことのないような光が灯《とも》っていく。

「僕は……」

霧谷が、テーブルの上に投げ出していた右手を持ち上げる。

その手は、俺の手を取った……わけではなく。


——身に着けていたネクタイを、俺の手の上に置いた。


……うん？　まずくね？

「やっぱり大好き！」

「どわぁ!?」

突如視界が反転し、背中が床についた。そして何が起こったかを理解する。

霧谷が飛び跳ねるように抱きついて来て、そのまま押し倒されたのだ。

「やっぱりメガネない方がカッコいいね！　ボクの言った通りでしょ？」

「ちょ、とりあえずどけって！」

「ダ～メ！　ボクは叶太《かなた》と一緒にいたいんだもん！」

俺は霧谷を押しのけようとするが、しっかり腕で抱きしめられてほどけない。

って力強いなこいつ！

「は、え、ちょ、ど、どういうことよこれ!?」

俺たちの横では、西園寺がこれ以上ないほどに取り乱していた。

その頬を赤く染めているのは、混乱か、はたまた興奮か。

「や、やっぱりあんたたちデキて――」

「そうだよ！　だってボクは女の子だもん！」

「え？…………はあ!?」

「ボク、叶太のパートナーになる！　それでいつかは人生のパートナーに……えへへ～」

「違う！　全部誤解だから！」

俺の腰の上に跨《また》ったまま、両の頬に手を当て、体をくねくねさせる霧谷。

いろいろと吹っ切れたのか、完全に自分の世界に入っていらっしゃる。

「と、透様《とおる》……」

また一方では、ソフィーが顔を真っ青にしていた。だが、そんな目で見られても困る。

だってもう――手遅れだし。

「だ、だ、大スクープやでえぇぇぇ！」

決闘場を覆っていたフィルターが開き始め、そんな小鳥遊《たかなし》の声が真っ先に聞こえた。

エピローグ　伝説の幕開け

「どうしてこうなった……」

俺はそうつぶやき、四人は座れるようなソファーの真ん中に腰を下ろしていた。

ここは、かつて霧谷とソフィーが二人で住んでいた大洋館のリビングであり……。

「むー、メガネつけない方がカッコよかったのにー」

「もう二度と外さん。一生俺はラッキーメガネだ」

「え～～」

俺の隣に座り、スリスリと頭を胸に押し当ててくるのは、霧谷だ。

上目遣いでねだられ、仕方なく頭を撫《な》でてやる。上機嫌に頬を緩めるのが微笑《ほほえ》ましい。

こうしているとなんというか……大型犬？

ちなみに霧谷は今、あの時一緒に買った服を着ている。無駄にならなくてよかった。

「透が女の子だったなんて、今でも信じられないんだけど……って、あんまりこいつとベタベタするんじゃないわよ」

「桃ちゃんだってあの時叶太に抱きついてたじゃん！　バッチリ聞こえてたからね、耳元でカッコいいってつぶやいてたの！」

「あ、あれはその場のノリよ！　今はそんなことこれっぽっちも思ってないから！」

「じゃあいいじゃん。今度はボクの番だよ！」

「……むぅ」

霧谷《きりや》のもう片方の隣に座り、俺に嫉妬の目を向けてくるのは西園寺《さいおんじ》だ。

悪いな、大切な幼馴染《おさななじみ》を奪ってしまって。後で返すから許してほしい。

――霧谷から、西園寺にはこれまでのすべてについて話したと聞いている。

疑似デートについてはかなり追及を受けたが、霧谷からの頼みを断れなかったと言ってなんとか許してもらった。

……で、その二人に加えて。

「飲み物をお持ちしました」

トレイに飲み物を載せてやってきたのは、いつものメイド服を着たソフィーである。

霧谷の前にオレンジジュースを、西園寺と俺の前にはコーヒーを置いた。

「フィーちゃんのコーヒー、すっごく美味《おい》しいらしいよ！　ボクは飲めないけど……」

「ふぅん、確かに悪くない味ね。ま、料理の腕は私に劣るでしょうけど」

「めんどくさいから今はツッコまないぞ。どれどれ、俺もコーヒーを――ごふぅ!?」

俺はカップに口をつけた瞬間、吹き出しそうになったのを必死に飲み込んだ。

「まっずっ！　は!?　なんだこれ！」

「人間様の飲み物は豚の口に合わないでしょうから、特別配合を施しました。コーヒーの醤油割《しょうゆわ》り、比率は１：１です」

「それ、一気飲みしたら死ぬんじゃねえの？」

「かもしれません。なのでご注意くださいね、劣等舌バカお嬢様」

「え？　どういうこと？」

味覚が死んでいる西園寺にはノーダメージだったが、同じ毒物が出されていたらしい。

相変わらず俺と西園寺は、ソフィーに目の敵《かたき》にされているようである。

だがそんなやり取りを見て、霧谷はソフィーに声を上げた。

「フィーちゃん！　ちゃんと二人とも仲良くしなきゃダメだよ！　だってこれから、みんな、い、い、一緒に暮らすんだから！」

「……チッ」

ソフィーはすごい表情で舌打ちするが、今ばかりはソフィーに同情してしまう。

というのも、俺と西園寺はついさっき、この館への引っ越し作業を終えたところなのだ。

――決勝終了後、勝負の条件に従い、ソフィーの身柄は俺に移った。ソフィーの所有物だったこの館についても同様、俺が自由にしていいものとなった。

そんな状況で、こともあろうか霧谷が「叶太も桃ちゃんも大好きだから、みんなで一緒に住みたい！」と言ってきたのだ。

「この館は透様と私の愛の巣です。穢《けが》らわしい男が足を踏み入れるのは大変遺憾ですが、透様のご希望なので仕方なく……本っ当に仕方なく、歓迎いたします」

「全然歓迎されてねぇな。もう帰っていいか？」

「ダメだよ！　ボクは叶太と一緒がいいもん！」

「そう言ってくれるのはありがたいが……西園寺はどうなんだよ」

多数決の論理で言えば、西園寺の意見で決まるわけだが。

「透が言うなら仕方ないわね。この私と一緒に暮らせることを感謝しなさい」

「うん、少なくとも歓迎はしてなさそうだな」

口ではああだこうだ言っているが、結局のところ俺も西園寺も同じなのだろう。

――これまで抑圧されていた分、ちょっとくらい霧谷のわがままに付き合ってあげたい。

そう結論してしまった俺たちを誰が責められようか。

「ま、美少女三人を侍《はべ》らせて随分といいご身分だけど……これくらいのことは許されると思うわよ。なんてったってあんたは今、学園のニューヒーローなんだから」

「……ニューヒーローねぇ」

帝王タイムズに小鳥遊が書いた言葉だが、とても俺には似合わない響きである。

――いや、振り返ってみれば。

学園に転校してきた俺は、その初日から西園寺という噛《か》ませ犬《いぬ》を倒し、剛田《ごうだ》を倒して実力を知らしめ、そのまま大会で優勝し、ついにはこうしてヒロインたちに囲まれている。

……ああ、薄々気づいてはいたんだ。心のどこかで直視しないようにしていた。

今まで俺が務めてきた役割って、もしかしなくても……。

「違う！　俺は運だけの男なんだ！」

「それはもう無理よ」

西園寺の冷静なツッコミに、霧谷は嬉《うれ》しそうにコクコクとうなずく。

さすがは幼馴染、息ピッタリですね。

——西園寺の言う通り、学園内で俺は、霧谷と並ぶ実力者だと認識されてしまった。

運で勝ったふりをしていたことも、最後に霧谷を倒すためだった、などと後付けされていた。今やラッキーメガネの二つ名を返上し、一年生最強とすら呼ばれている。

こんなはずじゃなかった、のだが……。

「小鳥遊は喜んでたわよ。これまでの大会で一番盛り上がったって」

どうやら、大会はしっかりと盛り上がってしまったらしい。

「俺なんかが優勝したのに？」

「そりゃあ透に勝ったんだから当然だわ。これはあんたの力よ」

「すごいよね～。あのボクに勝っちゃうなんて！」

「他人事《ひとごと》みたいに言ってるけどあんたのことでしょ」

呑気《のんき》に言う霧谷を、西園寺がジト目でたしなめる。

思い描いた筋書きからは随分変わってしまったが、結果だけ見れば、演出は大成功と言っていい。俺の演出がバレることは一切なく、大会は大いに盛り上がり、何より……。

——霧谷と西園寺、二人の笑顔が見られたんだから。

「でも、それで霧谷家に目を付けられてちゃ世話ないわね」

「ああ……そっちの問題もあったな」

決勝戦の霧谷の行動は、当然ながら霧谷家を怒らせたらしい。霧谷とソフィーは家から呼び出されたようだが、二人ともそれに応じていないのが現状だ。

というのも、学長が「この学園に入った以上、生徒には親とて干渉できない」という、それもそれでどうなんだという態度を表明し、連絡をシャットアウトしたから。

おかげで権力に屈するようなことは起きていないが……先が思いやられる。

「でもよかったよ。学長があぁ言ってくれなかったら、フィーちゃんと離れ離れになってたかもしれないし。これからも一緒に暮らせるね！」

「……そういえば気になってたんだが、お前とソフィーって仲良いのか？」

「ボクはフィーちゃんのこと大好きだよ！　ご飯は美味しいし、勉強も教えてくれるし、一緒に寝ると柔らかくて気持ちいいし！　フィーちゃんもボクのこと大好きだよね～？」

「へぇ？」

そうソフィーに同意を求める霧谷だったが、ソフィーの目は冷ややかだった。

「勘違いも甚だしいですね、あなたを世話しているのはあくまでメイドとしての業務です。強くて賢くてカッコいい透様のことは愛していますが、弱い・幼い・バカ、三拍子揃《そろ》ったあなたのことは大嫌いです」

「うぅ……すごく直球……」

「……ですが。そこの豚の言葉に耳を傾けるわけでは断じてありませんが」

ソフィーは少し目を逸《そ》らし、強い口調で前置きしてから言葉を続ける。

「私は従者として、透様をより深く理解したいと思っており、そのためには元人格であるあなたも無視はできないでしょう。ですから……これからもよろしくお願いいたします」

あくまで形式的に、腰を深く曲げてお辞儀をするソフィー。

だが対照的に、霧谷は表情をぱあっと輝かせ……立ち上がってソフィーに抱きついた。

「えへへ～。これからもよろしくね！　フィーちゃん！」

「何を嬉しそうにしてるんですか話を聞いていましたか離れてください。これだからバカは嫌いなんです」

「ひどい！」

苦々しげな顔で霧谷を引き剥がすソフィー。だがその態度からは、言葉通りの嫌悪は到底感じられなかった。

今回の出来事を機に二人の関係性が良い方向に進むなら、それはそれで良いことだ。

「じゃあさ、親睦を深めるためには……やっぱりゲームだよね！」

ソフィーに引き剥がされた霧谷はその時、突拍子もなく俺たちに提案した。

「叶太《かなた》はテレビゲーム、持ってきてるよね？」

「ああ、ゲームならいくらでもあるけど」

「こいつったらどのゲームもめちゃくちゃ強いわよ。全然勝てないんだから」

「桃ちゃんズルい！　ボクも叶太とゲームしたい！ってことで、四人でできるゲームはないかな？」

「……私もやるのですか？」

「もちろん！　ゲームはみんなでやるから楽しいんだよ！」

霧谷は勝手に盛り上がり、俺のゲームを持ってきて電源を入れる。目の前のディスプレイに映し出されたのは……俺の原点となったあのゲームだ。

演出家として、俺はこれからについて思いを馳《は》せる。

——俺の実力はバレてしまったが、最後の一線だけはバレていない。

すなわち——俺がこの学園を演出しようとしている、ということだ。

筋書きから外れたこと、こういうキャラ配置になったことはもう受け入れるしかない。

それでも、まだ学園生活は……物語は続いていく。

――これからまた、新しい敵が現れるかもしれない。

――まだ見ぬ二年生や三年生たちも、これから物語に絡んでくるだろう。

――学園祭とか生徒会選挙とか、そういう校内イベントだってあるはずだ。

この状況をどう活《い》かし、今後の物語を展開させていくか。演出家の腕の見せ所だ。

「叶太はこのゲーム、得意？」

「まあ、そこそこだな」

……なんてことはいったん置いといて。俺はゲームのコントローラーを手に取った。

まあ、物語は一回休みでいいだろう。ちょうど大会も終わったし、いわゆるエピローグってやつだ。

それでも、演出家の仕事に休みはない。

日常も非日常も合わせて、すべてを盛り上げるのが俺の役目なのだから。

まずは目の前の一戦を――どう演出してやろうか。

＊

某日、田中《たなか》家にて。

叶太の父——田中王牙《おうが》は食卓にパソコンを置き、ビデオ通話を開始した。

「お久しぶりです学長、息子がお世話になっております。今後ともどうぞよろしく——」

「父親ぶるのはやめろ、王牙。反吐《へど》が出る」

「……お前はもっと教育者らしくしろよ。ホント何年経《た》っても変わんねぇな」

「こうして顔を見るのはいつぶりかな。そういう君も変わっていないようだね」

「ああ？　抱かれたいならそう言えよ」

「死ね」

お互い勝手知ったる様子で、無遠慮に軽口を叩《たた》き合う。

高級な椅子に座る通話の相手は——帝王学園学長、統城ましろ。

王牙にとっては、かつて裏社会で共に戦った……いや、昔の話だ。

「変わってないと言えばあいつもだな。自分の娘を男として育てる、ねぇ。正気か？」

「昨日電話がかかってきたばかりだよ。霧谷《きりや》家のメンツが丸つぶれだ、どうしてくれるってね。負けるのが悪いと言ってすぐに切ったが。まったく、君の息子がやってくれたね」

「誇らしい限りだ。さすがは俺の息子だな」

ましろの言葉に王牙は満足し、うんうんとうなずく。ましろは目を細めた。

「叶太にはゲーム教育をしないし、裏社会も見せない。君はそう言っていたはずだが……なぜこの学園に？　まさか女遊びで金を溶かしきったかい？」

「そんなんじゃ何百億は飛ばねぇよ。もっと簡単な理由だ。あいつはゲームが好きだからな。父親として、息子には好きなことをさせてやりたいだろ？」

「ほう。やはり君の教育を受けていたんだね？」

「そっちの世界のゲームなんて教えてねぇ。普通のテレビゲームで相手してただけだ。だが……叶太のやつ、何でも吸収して、必死に食らいついてくるんだよ。どんどん上達するからこっちも楽しくなって、ムキになっちまった」

声を弾ませながら息子との思い出を語る王牙。

だがそこで言葉を区切り、一転して表情を曇らせた。

「……今思えば失敗だったかもな。強くなりすぎて、表の世界からはじき出されちまった」

王牙の頭に浮かぶのは——あの日、沈んだ顔で帰ってきた叶太。

学校でゲーム大会をする、絶対に勝ってくる。

そう意気込んで家を出た時とはまるで違う表情を見て、何が起こったのかをすべて悟り、転校させることを即決したのだ。

「当然の話だね。強者は孤独になる運命だ。だからこの学園に？」

「いやそれが、間にもう一つあるんだよ。そんなことがあったから、もうゲームとは離れるかと思ったんだが……そうじゃなかった。あいつが代わりに覚えたのが、演出だ」

「……演出？　何だそれは」

「ああ。これには俺も驚いた」

王牙は少し口角を上げながら、誇らしげに顎髭《あごひげ》をさする。

「決して自分が勝つことを第一としない。漫画のような筋書きを作り、場を支配してそれを実現して盛り上げ、周りのみんなを楽しませる。そんな演出を始めたんだよ」

――この世界でただ一人、王牙だけは気づいていた。

叶太が、演出家として振る舞っていることに。

「……その演出とは、周りには気づかれないように、かい？」

「そういうことだ。叶太の演出は誰にも気づかれないが、叶太にとってはそれでよかった。あいつは優しいから、自分の孤独なんて気にせず、周りが楽しんでくれることを第一に考えられる。叶太は叶太なりの方法で、孤独を克服したのさ」

特に王牙の記憶に残っているのは体育祭だ。

俺の息子はいったい何をしでかそうとしているのか。そう考え、ワクワクしながら叶太を目で追っていた記憶を思い出し……王牙は肩をすくめる。

「ま、あれはあれで楽しそうにしてたんだがな、同時にこうも思った。このままじゃ、叶太は孤独なままだし、ゲームの本当の楽しさだってわからない。そんなの寂しいだろ？」

ましろは腕を組み、黙って王牙の話を聞いている。

「迷ったが、だからこの学園に入れた。この学園は強者を弾《はじ》き出したりしない。あいつが本気を出しても受け入れてくれるし、何よりあいつが楽しめる。そう思った。あいつも最初は負けようとしていたし、学園を演出しようとしていたんだろうが……」

唯一、叶太の思考のすべてが見えていた王牙はそう言い。

「決勝では本気で戦って、今では心を許せる仲間もできた。カワイ子ちゃんばっかなのは気に食わんがな」

王牙はそう言って話にオチをつけた。叶太を妬む気持ちに決して偽りはなかったが。

このままではゲームの強さだけじゃなく、周りに女を欠かさない色男っぷりまで似てしまうかもしれない、王牙はそう予感していた。若さが羨ましいばかりである。

「……ふふっ」

しかし、能天気な王牙とは対照的に。

話を静かに聞いていたましろは——ニヤリと頬を歪《ゆが》め、高笑いをあげた。

「ははっ、あははははははは！」

「うるせえ。父親らしいことを言って悪かったな」

「いや失礼、実に愉快でね。彼の目的が演出だったとは、この私ですら気づかなかったよ」

ましろはクスクスと手で口を隠して笑う。

「だとすれば腑《ふ》に落ちるね。彼が今まで重ねてきた劇的な勝利も、すべて狙い通り。勝ち抜くことすら難しいこの学園で、ただ勝つより何倍も難しい演出をやってのける……ふっ」

それから自分に酔うように、大げさに両手を広げた。

「やはり私の見立ては正しかった！　君と私の遺伝子が交じり合ったことで、最高傑作が生まれた！　さすがは私の息子だよ！」

熱弁を振るうましろを、特に『最高傑作』という言葉を、王牙は不愉快に思った。

この、息子と所有物を混同した女こそ……。

──教育方針の違いで王牙と離婚した、叶太の実の母親だ。

「バカ言え、お前とは似ても似つかねえよ。人のことを道具扱いもしないし、見下しもしない。仲間を信じられる子だ」

「目の曇った親バカは君だ。彼が西園寺くんに心を開いたことなんてあったかい？」

「……ああ？」

「あの二人の関係は仲間なんかじゃない。──利用し、利用される関係だよ」

息子を貶《けな》されたように感じ、王牙の目が鋭くなる。

だが、ましろはそれを意にも介さない。むしろその笑みは深さを増していた。

「転校当初から多くの時間をともに過ごしながら、彼は演出という目的を隠し続けた。心を開いていない証拠だよ。違うかい？」

「……」

「決勝だってタッグ戦と言いながら、彼は西園寺《さいおんじ》くんのことを一度も頼らず、一人で勝ち続けていたしね」

「待て。叶太《かなた》のやつも、西園寺ちゃんのおかげで勝てたって言ってただろ」

「あれこそただの利用じゃないか。叶太は西園寺くんを頼ったわけじゃなく、ただ西園寺くんの残した結果を利用しただけだ。そして、ゲームが終わった後に好印象を与えておけば、次に利用するときにも役立つ。抜かりないね」

「……お前の脳みそが腐ってるからそう見えるんだよ」

「彼は誰にも心を開かず、他人も状況も、すべて自らの目的を果たすための駒として使った。それだけさ」

悪趣味なましろの言葉を、王牙は決して肯定しない。

だが、明確に否定もできなかった。

「霧谷くんは帝王として育てられ、自覚的に帝王として振る舞い……その孤独を乗り越えられなかった。だが叶太は違う。霧谷くんとは比べ物にならない逸材だよ」

それをわかっていて、ましろは愉快げに目を細める。

「演出、勝利……何を目指すにしろ、彼は自分の考えを隠すのが癖になっている。無自覚だからこそ、それが彼の本質さ。それでいて人々を動かす力があり、すべてを思い通りに実現できるだけの実力すら身に付けている。……ああ、実に楽しみな素材だ！」

「……」

王牙は険しい顔でましろを見つめる。

対してましろは嘲るように笑い——迷いのない口調で宣言した。

「これは予言だ。彼が自らの才を自覚し、本物の帝王として振る舞ったとき——彼は必ず、孤独になる。いや、私がそうして見せよう」

「……それが親の言う言葉かよ」

「血縁など関係ないさ。この学園に来た以上、生徒はすべて私のものだよ」

そう言ってましろは席を立つ。

「おい、ちょっと待てよ。まだ話は——」

ましろが画面を操作し、プツリと通話が切れた。

王牙の目に映るのは、真っ黒な画面と、そこに映る自分のしかめ面。

叶太をよく理解し、しかしそれ以上にましろをよく理解している王牙は……いつになく弱気につぶやく。

「……気を付けろよ、叶太」

その言葉は——アンダーからは程遠い地上で、空気に紛れ消えていった。


（了）

あとがき

初めまして、あるいはお久しぶりです。著者の片沼ほとりと申します。

本作は、第11回オーバーラップ文庫大賞の銀賞受賞作です。早いもので僕にとっては三作目ですが、楽しんでいただけましたでしょうか。

あとがきということで、本作ができたきっかけを記そうと思います。

・学園頭脳バトル　→　めっちゃ面白い
・メタコメディ　→　めっちゃ面白い
つまり、この二つを掛け合わせればめちゃめちゃ面白くなるのでは……？

ふんっ!!!!!!（執筆完了）

以上です。めちゃめちゃ面白くなったかな？　なったよなぁ!!


そして重要なお知らせです。帯にもある通り、コミカライズ企画が進行中です!!

手元にはキャラデザが届いていますが、すごいですよ。西園寺《さいおんじ》は可愛《かわい》いし（マジで）、霧谷《きりや》はカッコいいし（ギャップで萌《も》え死ぬ）、ソフィーは美しいし（あとデカい）。

香川さんのイラストとはまた違うベクトルの可愛さが極まっており、毎日のように眺めてはニヤニヤする日々です。大いにご期待ください。

もっと語りたいのですが、本編を詰め込みすぎて紙面が足りません。謝辞に移ります。

まずはオーバーラップ文庫の編集者の皆さん、そして担当編集のOさん。

新人賞で皆さんが本作を見出《みいだ》してくださったからこそ、度重なる改稿に付き合っていただけたからこそ、こうして素晴らしい本ができあがりました。ありがとうございます。

続いて、素晴らしいイラストで本作を彩っていただいた香川悠作さん。

カラーイラストが期待通りだったのはもちろんのこと、モノクロ挿絵が想像を遥《はる》かに超えてきて椅子から転げ落ちました。あと霧谷のキャラデザは天才の所業です。感謝を捧《ささ》げるとともに、もっと香川さんのイラストが見られるように頑張ります。

最後に、ここまで読んでいただいた読者の皆さんにも多大なる感謝を。

その上で図々《ずうずう》しくもお願いすると（と言いつつ毎回同じことを書いているのですが）、X（ツイッター）やネット書店などに感想を書いていただけるとさらに嬉《うれ》しいです。

本作に限らず、良い作品、好きな作品は声高に叫んでいきましょう。

それではまた二巻でお会いしましょう！　五月までに出したい！　忘れないでね！

OVERLAP

俺は学園頭脳バトルの演出家！①
～遅れてやってきた最強転校生は、
美少女メイドを引き連れて学園を無双するそうです～

発　　行　2025年1月25日　初版第一刷発行

著　　者　片沼ほとり
発 行 者　永田勝治
発 行 所　株式会社オーバーラップ
〒141-0031　東京都品川区西五反田 8-1-5
校正・DTP　株式会社鷗来堂
印刷・製本　大日本印刷株式会社

Printed in Japan　ISBN 978-4-8240-1053-7 C0193